농사,
툭 까놓고
말할게요

농사,

에디터 그만두고
밭으로 출근하는
친환경 농부 분투기

톡 까놓고

말할게요

윤현경 지음

행성B

시골살이, 준비가 필요하다

농사의 기술

4장

풀과 함께, 친환경 농사

5장

농사지어 먹고산다는 것

6장

이제 다시, 농부의 시간

우리, 농사나 지을까요

나의 직업은 농부다. 인생 두 번째 직업이다. 첫 번째 직업은 잡지 에디터였다. '잡지기자'가 한창 잘나가던 시절에 여성지와 육아지 기자를 시작해서 내가 만들었던 거의 모든 잡지가 폐간하는 걸 본 뒤에야 그만두었다. 25년쯤 한 것 같다.

2006년부터 2022년 현재까지 17년째 강화도에서 살고 있으니 농사가 낯설지는 않다. 15년간 서울로 출퇴근을 하며 살았어도 주말이면 남편 따라 농사일을 하곤 했으니까. 다만 '남의 일'을 돕는 것과 '내 일'을 하는 게 마음에서 큰 차이가 난다는 건 맞다. 예전에는 남편이 시시콜콜하게 농사일을 알려줘도 그냥 한 귀로 듣고 한 귀로 흘렸다.

어쩌면 농부가 되는 건 시간문제였을지도 모른다. 은퇴 시기를 정하지 않았을 뿐, 언젠가는 남편과 함께 농사를 짓겠거니 했다. 그리고 마침내 그 시간이 찾아왔다. 수백 번의 마감과 야근과 철야의 날들이 어느 날 툭, 끝났다.

농촌에서 산 시간이 무색하게도, 도시 한복판의 회사로

출근하지 않고 더 이상 조직의 일원도 아닌 나는 마치 끈 떨어진 채 둥둥 떠다니는 부표 같았다. 조직의 압박이 없는 붕뜬 상태를 한두 해 지내면서 드디어 깨달았다. 경쟁과 압박을 견디지 않고도 살아갈 수 있으며, 그것이 훨씬 자연스러운 삶의 상태라는 것을. 지금 생각해보면 가슴이 조이는 듯한 도시 생활과 직장 스트레스를 정말 오래도록 잘 견뎌냈구나 싶다. 그 긴긴 시간 동안 많이 다치고 우그러지고 비뚤어졌지만, 한편에 순수함을 간직하고 있었다는 사실에 안도한다. 그럼에도 불구하고 아직도 남아 있는 도시생활자의 습관은 농부로 살아가는 것을 방해하는 중이다.

중장기 계획은 물론 매년, 매월, 매주, 매일의 계획을 세우고 그걸 달성하려고 자신과 주변을 닦달하는 습관
나의 모든 노동과 지식과 시간을 돈으로 환산해보는 습관
사람의 말을 다 믿지 않고 사람 사이의 거리를 지키려는 습관

한가하고 심심한 순간을 '시간 낭비'라고 생각하고 바삐
움직이려는 습관
남이 하는 일을 평가하고 점수를 매기려는 습관

누군가는 이런 습관이야말로 농부에게 필요한 거라고
주장하는 사람도 있겠지만, 내가 경험한 농사에는 크게 도
움이 되지 않았다. 느긋한 마음, 기다리는 마음이야말로 나
같은 도시생활자 출신들에게 더 필요한 덕목이다. 농사는
농부가 안달복달한다고 잘 되는 게 아니다. 여전히 나는 '도
시물'이 채 빠지지 않은 초짜 농부다.

진짜 농부는 내가 아니라 강화도에 들어와서 지금까지
농업노동자와 농부로 살아온 남편 이준서다. 그는 처음부터
친환경 농사를 짓겠다고 선언했고 그 고집을 한결같이 지
키고 있다. 그의 선택은 옳았다. 친환경 농업이야말로 기후
위기 시대를 사는 지금 꼭 필요한 미래의 농사법이기도 하

다. 이런 고집쟁이 덕분에 나는 선택의 여지 없이 친환경 농부가 되었다. '친환경 농부'라는 말이 멋지게 들린다면 그건 농사를 전혀 모른다는 말과 같다. 친환경 농부의 삶은 '멋짐' 과는 아주 거리가 멀다. '더러움', '힘겨움', '바보짓'과 조금 더 가깝다. 요즘 시설 농사는 옷에 흙 묻을 일도 없다던데 우리는 매일 흙투성이다. 퇴비도 옮겨야 하고, 풀도 베야 하고, 냄새나는 음식물 찌꺼기에 달걀껍데기에 소똥, 돼지똥, 닭똥까지 만지고 옮기고 뿌려야 한다. 우아하거나 고상하지 않다. 게다가 큰돈 버는 일도 아니다. 근근이 살아갈 정도의 수입이면 감지덕지다. 그런데 도대체 누가, 왜 농부로 살고 싶어 하는가, 농부가 되고 싶다고 하는가.

농부는 누가 등 떠밀어서 할 수 있는 일이 아니다. 농부는 좋아서 하는 일이다. 나이 지긋한 어르신들은 '할 줄 아는 게 이것밖에 없어서'라고 하시지만 그건 거짓부렁 같다. 사실 농사보다 쉬운 일은 얼마든지 있다. 흙 만지는 게 좋아서, 작물을 심고 키우고 거두는 일이 좋아서 한다. 돈이 벌리면 더욱 좋지만 그렇지 않아도 일 자체가 좋아서 한다. 왜 좋은지는 당신들도 딱히 설명하지 못한다. 인간이 흙과 농사에 이끌리는 건 오래된 본능 같은 거라서 그럴 거라고 짐작해본다. 우리는 모두 농부의 후손들이니까.

나는 기꺼운 마음으로 나와 내 가족, 공동체의 먹을거리를 생산하는 일을 맡기로 했다. 이 일이 얼마나 가치 있고 멋진 일인지 잘 알고 있기 때문이다. 나와 남편은 이 일로 돈을 버는 것은 물론이고 우리 공동체에 더 좋은 먹을거리를 내놓기 위해 애쓴다. 더 나아가 지구 공동체에도 도움이 되는 방식으로 농사를 짓고 싶다.

초짜 농부의 보잘것없는 농사 경력으로 용감무쌍하게 책을 쓸 수 있었던 것은 전부 '뒷빽'이 있어서다. 바로 나의 농사 스승이자 배우자인 이준서가 든든한 빽이다. 농촌의 현실과 농사의 기술, 이웃 농부들과의 교류는 사실 내 얘기라기보다는 이준서의 것이다. 나는 도시인의 눈으로 농촌과 농부를 바라보고, 오랜 에디터 경력을 활용해 글로 옮긴 것이다. 덜컥 책을 쓰겠다고 해놓고 한 글자도 못 쓴 채 계절이 바뀌는데도 느긋한 마음으로 기다려주신 행성B의 편집장님이야말로 농부의 마음을 갖고 있다. 주위의 더 훌륭한 농부들께도 부끄럽고 송구스럽다.

　　부족하지만 농사에 관심이 있는 도시생활자, 귀농귀촌을 꿈꾸는 사람들에게 티끌만 한 도움이라도 될 수 있으면 좋겠다.

　　　　　　　　연두농장의 찬란하고 장한 풀들과 함께

　　　　　　　　　　　　　　　　　　　윤현경

1장

낡고 오래된 직업, 농부에 관하여

힘들지만 아름다운 직업, 농부

'농부'라는 이름에는 오래된 숲의 냄새가 난다. 켜켜이 썩어 가는 것들과 이제 갓 태어난 것들, 한창 거친 숨을 내뿜으며 자라는 것들이 한꺼번에 뒤엉킨 냄새다. 농부가 매일 만지는 흙 역시 지구를 살다 간 것들의 사체와 암석 부스러기들이 뒤섞인 것이다. 농사란 썩은 것들 위에서 새로운 생명을 키우는 일이다. 흙을 부수고 섞은 뒤 씨앗을 떨구고, 그 씨앗이 잘 자라 결실을 맺을 수 있도록 돕는 일이다. 성장을 방해하는 곁의 식물들을 뽑아내고, 벌레를 잡고, 새를 쫓는다. 가물 때는 물을 주고 바람에 넘어지면 일으켜 세운다. 논밭을 걷다가 풀이 보이면 그 자리에 주저앉아 한 움큼 뽑아내고 흙이 쓸려나간 자리를 메운다. 비가 온 뒤엔 고랑으로 물이 잘 빠져나가는지 살펴보고 삽으로 물길을 낸다.

나이 지긋한 농부들의 구부정한 허리는 땅과 가깝게 지낸 시간들이 만든 작품이다. 해가 뜨고 바람이 불고 비가 내리고 다시 해가 지는, 반복되는 일상에서 서서히 변화하는 것들을 발견하는 일이며 흙냄새, 바람 냄새가 시시각각 달라지는 걸 체험하는 직업이다. 비록 농부의 손으로 조금씩 변화시킨 것들이지만 자연의 일부로 살아가는 아름다운 직업이다. 농사는 힘든 육체노동인 동시에 그 자체로 명상이며 치유의 작업이다. 지구의 모든 생명은 흙과 바람과 물을 공유하며 서로 연결되어 있다는, 당연한 사실을 흙을 만지며 깨닫게 된다.

●

농부라는 이 오래된 직업의 미덕 중 하나는 조상님들이 남겨 놓은 데이터가 참 많다는 것이다. 우리 조상님들은 농부였다. 언제 파종하고 솎고 따고 거두어야 하는지, 어떻게 보관해야 하는지 다 알고 계셨다. 입춘, 우수, 경칩, 춘분, 추분, 하지, 동지 같은 24절기는 그 자체가 농사 달력이다. 잘하고 못하고의 차이는 있었지만 농부는 대대손손 내려온 우리 민족 제1 직업이었다. 누구든 해야 했고, 누구나 할 수 있는 직업이었다.

'시골 가서 농사나 지어라'라든가 '나도 시골 가서 농사나 지어야겠어'라는 말에서도 알 수 있듯, 농부는 경제성이라는 잣대를 들이대지 않는다면 누구라도 할 수 있는 문턱이 낮은 직업이다. 농사지을 땅만 있으면 거대 자본이 들어가는 것도 아니고, 오랫동안 배워야 하는 고급 기술이 필요한 것도 아니고(특수작물, 과수 등 일부는 배우기 매우 어려운 기술이 필요할 수 있다), 감독관이나 상사 밑에서 눈치 보며 일해야 하는 것도 아니다. 그저 심으면 적든 많든 거두게 된다. 낮에 일하고 해가 지면 쉬고, 비 오면 또 쉬고, 여름에 조금 힘들게 일하면 겨울엔 쉴 테니 이 역시 좋다.

●

그렇지만 농부로 사는 것은 예나 지금이나 고단하다. 강도 높은 육체노동을 기반으로 하기 때문이다. 많은 부분이 기계화되긴 했지만 여전히 사람의 손으로 해야 하는 일들이 무수하다. 모든 기계를 다 갖고 있는 것도 아니고 필요할 때마다 남의 기계를 빌려올 수도 없으니 원래 하던 대로 손으로 하게 된다. 무거운 비료 포대를 들어 나르는 일, 비료 포대를 뜯어서 땅에 고루 뿌리는 일, 배수로 삽질을 하고 고추 말뚝을 박고 수확한 작물을 수레에 실어 나르는 일 모두가 힘이 많이 드는 작업이다. 관리기로 땅을 갈고 예초기로 풀을 베는 것도 금세 땀에 젖을 만큼 힘든 일이다. 힘 좀 쓴다고 자부하는 남편도 예초기 작업을 반나절하고 나면 진이 빠진 얼굴로 돌아와서 다음날 여지없이 아이고 아이고 소리를 낸다. 봄철 농번기에 며칠씩 땅을 갈고 멀칭(풀이 나지 않도록 비닐, 왕겨, 볏짚, 톱밥 등으로 땅을 덮는 것)을 하고 나면 한의원에 들락거리기 시작한다. 어깨, 허리를 쓰는 일이 많아서 대개의 농부는 "허리 아프다"는 말을 달고 산다.

힘은 좀 덜 들지만 쪼그리고 앉아서 김을 매고 모종을 심는 일들은 키 큰 사람들에게 아주 곤혹스러운 일이다. 허리를 숙인 채 고추의 곁순을 따고 줄에 가지를 묶는 일도 마찬가지다. 그래서 나처럼 체구가 작은 여성들이 밭일에 조금 유리한 편이다. 키가 작으니 허리를 덜 숙여도 되고, 쪼그리고 앉아도 몸이 덜 아프다. 딸기나 호박, 수박처럼 바닥에 붙어서 자라는 작물을 키우려면 허리 펼 시간이 없다. 요즘은 아예 딸기는 허리를 숙이지 않아도 될 만큼 높여서 배지(작물에 필요한 양분을 담아 만든 인공 흙)에서 키운다. 호박과 수박도 덩굴을 위로 매달아 키우는 품종과 재배 방식이 개발되어서 허리 숙일 일이 줄어들고 있다. 예전에는 작물과 작물 사이의 고랑을 좁게 잡아서 덩치가 큰 사람들은 들어가서 작업하는 것 자체가 힘들었지만, 요즘은 기계와 수레 때문에라도 고랑이 차츰 넓어지고 있다.

강도 높은 육체노동에 따른 부상이나 질병의 위험도 항상 존재한다. 무거운 걸 옮기다가 허리나 어깨 등의 근육을 다치는 경우가 가장 흔하고 하지정맥류나 허리디스크, 오십견 등의 고질병으로 발전하기도 한다. 낫, 전지가위 같은 날카로운 도구에 다치거나 전기톱, 그라인더, 드릴 같은 작업 공구로 인한 심각한 부상의 위험도 있다. 관리기나 예초기는 휘발유를 사용하는 동력 기계여서 본인이 조심해야 하는 것은 물론 주위에 사람이 있는지 확인하고 사용해야 한다. 큰 사고나 부상으로 이어질 수 있기 때문이다. 예전에는 농사일 하다가 다치면 온전히 자신이 감당해야 할 몫이었는데 요즘은 농민을 대상으로 한 재해 보험 등을 지원하고 있어서 그나마 도움이 된다.

한의원에 남편과 나란히 누워 침을 맞고 있으면 미련하게 이게 뭐 하는 짓인가 싶다가도 예전 직장생활을 떠올리면 '이 정도쯤이야' 하는 마음이 든다. 몸은 고되지만 마음은 편하니까. 직장에 다닐 때는 퇴근할 때가 되면 온종일 받은 스트레스 강도에 비례해서 머리가 따끈해지곤 했다. 몸이 고단한 건 쉬면 되지만 상처받고 쪼그라든 영혼은 쉽게 낫질 않는다. 도시의 긴긴 직장생활에서 마음의 병을 얻지 않는 건 거의 불가능에 가깝다. 농사일은 찬찬하게 하다 보면 요령이 생기고 농사에 필요한 근육도 붙는다. 힘든 육체노동인데도 불구하고 이 일이 우리를 소진시키지 않는 이유는 다른 육체노동과 달리 주도적이고 능동적이며, 자연 속에서 일한다는 점 때문일 것이다.

●

전 인구의 80%가 농부였던 적도 있지만 지금 우리나라의 농부는 인구의 4% 안팎이다. 먹고살기 위한 자급농은 산업화 시대를 거치면서 공동체의 식량 생산을 담당하는 직업농이자 상업농으로 변화했다. 인류가 갖게 된 최초의 직업 중 하나인 농부는 다른 직업들이 명멸을 계속하는 동안에도 숫자만 줄어들었을 뿐, 여전히 중요한 직업 가운데 하나다. 코로나19로 인해 일시적인 무역 중단을 겪으면서 '식량 안보', '식량 주권'이라는 이야기도 많이 회자되었다. 우리먹을거리를 우리 땅에서, 우리 손으로 직접 길러야 하는 이유가 농부가 아닌 사람들에게도 가닿은 것이다. 농업은 산업 분야로서의 가치뿐만 아니라 공동체를 위한 최소한의 안전장치라는 공익적 가치도 갖고 있다. 그렇다. 누군가는 우리 땅에서 농사를 지어야 한다. 나와 남편은 기꺼이 그 일을 하기로 했다. 기왕이면 즐겁게, 더 잘하겠다는 결심으로. 물론 막상 해보니, 마음대로 되지는 않고 있다.

좋은 직업이지만 딱 한 가지는 아쉽다. 바로 경제성이다. 돈을 벌기가 매우 어렵다는 게 이 직업의 가장 커다란 단점이다. 세상 어떤 직업도 나름의 고충이 있고 돈 벌기란 항상 어려운 일이지만, 농사는 노동력과 투자 자본 대비 수익률이 나쁘다. 물론 훌륭한 성과를 내는 대단한 농부들도 있지만, 대개는 큰돈과는 거리가 멀고 근근하고 소박하게 살아간다. 실제로 인천에서 가장 농업 인구가 많다는 강화군의 경우에도 전업농부는 얼마 되지 않는다. 젊은 층을 중심으로 대다수의 적극적 경제활동 인구는 농사가 아닌 다른 직업으로 먹고산다. 뒤집어서 생각하면 농사지어서 먹고살기가 어렵다는 뜻이다.

시골살이
17년 만의
결심

시골에 산 지는 꽤 오래되었지만, 그동안 난 도시생활자였
다. 오랜 직장생활을 그만둔 뒤에도 농부가 되겠다는 생각
을 가진 것은 아니었다. 농사는 남편의 몫이고 나는 조력자
에 머물렀다. 농사는 내가 하기엔 너무 힘든 일이고, 적성에
도 잘 맞지 않는다고 생각했다. 다만, 시골에 사는 건 좋았다.
출퇴근하기 매우 멀고 힘들다는 것만 빼면.

　강화도에 살기 시작한 건 2006년 여름이었다. 다니던 회
사를 그만두고 잠시 프리랜서로 일하던 때였는데, 마침 남편
역시 하던 사업을 접고 의기소침해 있었다. 강화도에 지인이
있어 자주 놀러가곤 했던 터라 남편이 "강화도 가서 살자"고

했을 때 '한번 살아보고 싶으면 도로 나오면 되지' 싶어 그냥 그러자고 했다. 그게 이 긴 시골살이의 시작이다.

우리는 마니산 밑의 허름한 농가에 전세로 들어갔다. 다섯 살, 일곱 살 먹은 두 아이와 함께. 한창 젊은 부부였던 우리는 변변한 일자리도 없이, 가진 재산도 없이 무모한 시골살이를 시작했다. 온종일 집 앞으로 10명이나 오갈까 하고 차는 서너 대쯤 지나다니는 곳이었다. 가게에 가려면 가로등도 없는 캄캄한 시골길을 15분은 걸어가야 했다.

첫해 여름은 참 행복했다. 쏟아지는 햇살과 고요함 가운데 새 지저귀는 소리를 들으며 눈을 뜨고, 소박한 아침을 먹었다. 남편은 밭일을 하러 나가고 아이들이 어린이집 차를 타고 떠나고 나면 세상에 혼자 존재하는 것 같은 조용한 평화가 찾아왔다. 빨래를 햇볕 가득한 마당 빨랫줄에 널고 나서 한참을 넋 놓고 그냥 앉아 있곤 했다. 시골의 햇볕과 바람, 고요함과 캄캄함이 참 좋았다. 왁자지껄한 대가족 속에서 자라고 대학 졸업 후엔 밥 먹듯 밤을 새우는 잡지사에서 진이 빠지도록 일하며 아이 둘 낳고 키웠으니, 인생 최초로 맞는 한가한 날들이었다.

집 뒤편에는 꽤 널찍한 밭이 있었다. 우리는 이사하자마자 이웃의 조언을 듣고 강화도 특산물이라는 고구마를 심었다. 아침저녁으로 김을 맸다. 그해 가을 수확한 고구마는 너무나 달고 맛있었다. 17년을 강화도에 살면서 고구마 농사를 십여 차례 이상 지었는데, 그때 먹었던 것만큼 맛있는 고구마는 여태 없을 정도로. 겨울이 오자 우리는 여러 가지 어려움에 맞서야 했다. 일단 돈이 너무 없었고, 집은 너무 추웠다. 기름보일러와 화목보일러(나무를 때서 물을 데워 난방하는 보일러) 겸용이었는데, 기름값이 너무 비싸서 난방을 충분히 할 수가 없었다. 밤에 나무를 때고 잠들면 새벽녘엔 방이 식어서 코가 시렸다. 네 식구가 전기장판 위에 옹기종기 모여서 잤는데, 잠버릇이 좋지 않은 아이들도 이불 밖으로 팔다리를 내놨다가 다시 들어와 잘 정도였다. 더 추운 날은 점퍼를 껴입고 잤다. 일어나 실내온도를 확인해 보면 7℃. 머리맡의 자리끼가 얼고 화장실 물도 자주 얼었다.

그래도 아이들은 잘 자랐다. 추워서 꽁꽁 언 집 주위에서 놀잇감을 잘도 찾아냈다. 처마에 달린 긴 고드름을 따서 칼싸움을 하고 근처 수로에서 썰매도 탔다. 화목보일러에 나무를 때면서 고구마를 몇 개씩 구워 먹으면 세상 행복했다.

다음 해엔 양지바른 도장리로 이사했다. 젊은 부모들이

많은 동네였다. 또래 아이들도 제법 있었다. 아이들은 학교가 파하면 논밭 사이로 뛰어다니고 자전거를 탔다. 어른들은 저녁이면 마당 너른 집에 모여 불을 피우고 막걸리를 마시며 노래를 부르곤 했다. 아이고 어른이고 할 것 없이 이집 저집 돌아다니며 끼니를 나눠 먹었다. 사는 건 그림처럼 멋지고 좋았는데, 사회적 기업에서 얻는 남편의 수입과 프리랜서로 버는 내 수입이 너무 적었다. 그때 우리는 '차상위계층'이었다. 가진 게 너무 없고, 버는 것도 너무 적었다. 나는 다시 서울로 출퇴근을 시작했다. 왕복 4시간 이상 걸리는, 매일이 지방 출장 같고 여행 같은 길이었다.

⬤

우리는 시골에서 살았지만 내 땅이 없었다. 남편은 논을 조금 빌려서 논농사를 지었다. 우리 가족 먹을 쌀 정도가 나오는 작은 논이었다. 노는 땅이라고 해서 얻은 땅에 고구마도 심었지만 망쳤다. 거저 빌려주는 땅은 좋은 땅일 리가 없었다. 고생만 하고 수확은 거의 못 했다. 남편은 가까운 사람들과 포도밭을 빌려 친환경 농사를 시작했다. 무농약 인증을 거쳐 유기농 인증까지 받았고 포도는 정말 맛있었다. 하지만 들어가는 노동력에 비해 수확량이 적고 수익도 적었다. 또 내 땅이 아니다 보니 그 적은 수익으로 도지(임대료)를 주고 나면 농사는 지으나 마나였다. 결국 포도 농사는 포기했다.

나는 회사에 다니며 어린이 잡지를 만들었다. 거의 10년쯤 그 일을 했다. 그 사이 아이들은 집 옆 초등학교에 다녔고, 걸어서 중학교에 다녔고, 고등학교에 진학했다. 만들던 잡지가 폐간 결정이 났고, 나 역시 결국 그만두게 되었다. 다시 육아잡지로 이직해서 2년 반인가를 꾸역꾸역 힘들게 다니다 퇴사했다. 그때가 2017년이었다.

그사이에 우리는 강화읍에 작은 집을 하나 샀고, 송해면에 천 평의 논을 샀다. 천 평 중 350평 정도는 매립해서 밭농사를 지었다. 쌀농사는 밭농사에 비해 상대적으로 쉬운 편이었지만 한 해 농사지어서 200만 원 안팎의 수익이 나는게 다였다. 남편은 농산물 판매를 하는 사회적 기업에서 마케팅 일을 잠깐 맡아 했다. 농사만 지어서는 먹고살 수가 없었기 때문이었다. 나는 15년 이상 서울로 출퇴근하는 '빡센' 인생을 살았으므로 일 년간 한가롭게 지내기로 했다. 농사를 짓는다기보다는 대충 농장만 왔다갔다 하는 정도였다. 그해엔 초등학생들이 와글와글한 미술학원에 앉아서 데생과 수채화를 배웠고, 조경기능사 자격증을 땄고, 가드닝을 공부하러 일주일에 한 번 판교에 다녀왔다.

다음 해에 남편과 나는 도라지 농사를 짓기로 했다. 땅을 담보로 대출을 얻어 남은 논을 매립했다. 매립한 논에 퇴비를 넣고 300평 정도에 도라지를 심었다. 본격적으로 농사를 시작하려는 생각이었다.

남편과 농사를 지으면서도 나는 농부가 아닌 다른 삶을 생각하고 있었다. 인천에 나가서 '도시농업전문가' 교육과정을 들었고, 고3이자 악기 전공인 딸의 매니저 노릇도 좀 했다. 이런 평범한 일상이 좋았다. 그새 대출받은 돈도 떨어지고 해서 다시 서울로 출퇴근을 시작했다. 그런데 이번엔 좀 달랐다. 괜찮은 회사였지만 다니는 게 몹시 힘겨웠다. 몸은 힘들어도 농사는 스트레스가 거의 없다. 돈을 벌긴 해야하지만 삶의 만족감과 행복감은 농부가 훨씬 높았다. 6개월 만에 그만두고 집으로 돌아왔다. 그때 깨달았다. 아, 농부로 살아야겠구나!

2021년은 그래서 자발적으로 '농부'가 된 첫해다. 농사는 짓되 농부는 아닌 머뭇거림의 시간을 끝내기로 했다.

농부여서
참 좋은 날들과
슬픈 날들

나 같은 내향성 인간에게 농부는 잘 어울리는 직업이다. 때로 협업을 하기도 하지만 대개는 혼자, 아니면 남편과 둘이서 일하는 시간이 많기 때문이다. 20년 넘게 조직에서 일했고, 팀원들과 함께 일하는 걸 매우 좋아했지만, 타고난 기질은 변하는 게 아니어서 혼자 일하는 시간은 참 평화롭다. 회사라는 조직에서는 혼자 일을 하더라도 위아래 옆에 사람이 있어서 어떻게든 평가받게 마련이다.

농사에는 '완벽한' 끝이 없다. 정해진 목표와 수치가 있어도 통제 불가능한 변수가 너무 많아서 달성하기가 어렵다. '이번 주 안으로 밭을 다 갈아서 이랑을 만들어야지'라고 목표를 세웠어도 며칠 비가 내리고 나면 다음 주로 미룰 수밖에 없다. 비 오는 날 밭을 갈 수도 없고, 비 온 뒤엔 땅이 충분히 마를 때까지 기다려야 한다. 제 고집대로 젖은 땅에 농기계를 몰고 들어갔다간 일만 더 커진다. 진흙에 기계가 빠지면 다른 기계를 불러 꺼내야 하는데, 그마저도 비 올 때는 속수무책이다. 이러니 도시 출신의 '계획맨'은 당혹스러워진다. 아니 내 뜻대로 되는 게 없네?

그런데 바로 이 점이 농부여서 좋은 첫 번째다. 세상일이 내 뜻대로 안 되는 거야 알았지만, 내가 짓는 농사도 내 뜻대로 안 된다니! 이런 깨달음이 찾아온다. 계획을 세우고 목표를 향해 쉴새 없이 몰아치는 인생을 살았다면 농사는 더더욱 좋은 약이 된다. 농사는 사람을 겸손하게 만든다. 기다림과 포기를 익히게 한다. 안 되는 일은 안 되는 일이다. 서둘러도, 악착같이 덤벼들어도 그렇다. 자연의 힘, 시간의 힘은 도전의 대상이 아니라 순응하고 따라야 할 섭리다. 더 멀리 보고 더 오래 기다릴수록, 천천히 할수록 좋다. 농사는 그렇다. 그러니 속도전으로 단련된 도시생활자들은 농사의 패턴에 적응하기가 쉽지 않다. 삶이란 원래 어떤 모습이었는지, 온전히 내 손으로 (조직의 힘이 아닌) 이룰 수 있는 것이란 무엇인지를 알게 해준다. 명상과 깨달음이 다른 곳에 있지 않고 농사를 짓는 내 어깨와 머리 위로 먼지처럼 내려앉는다. 그게 좋다.

●

"아이고, 그거 사다 먹는 게 싸지. 이렇게 애써서 키워도 품값도 안 나와."

시골에서 농사짓다 보면 동네 할머니 할아버지들이 종종 하는 말씀이다. 시골 살면서 자기 먹을 채소 정도는 제 손으로 키워 먹는 맛이 있어야지 싶지만, 작물이라는 것이 그냥 심기만 한다고 되는 게 아니다. 그랬다가는 아무리 텃밭 농사라도 전혀 수확을 못 한다. 땅을 갈고, 고랑 만들고, 잡초 뽑고, 벌레 잡고, 물도 줘야 한다. 이런 수고를 해서 얻는 양이란 마트에 예쁘게 진열된 채소로 따진다면 기껏 몇천 원 수준이다. 그런데 돈으로 환산하지 못하는 것도 있다.

파종부터 시작해서 수확까지 오롯이 내 손으로 키운 작물은 몸은 물론이고 마음을 살찌우는 좋은 양식이 된다. 식탁에 앉아 이 알배추가 어떻게 상 위에 오르게 되었는지를 얘기하다 보면 저절로 웃음이 난다. 사실 맛이나 모양은 나중 문제다. 생각해보라. 내가 먹는 음식 중에 내 손으로 키운 것이 얼마나 되는지. 도시생활자에게는 제로다. 분업화된 세상에선 그게 자연스러운 일이지만 베란다에서 허브 키우고 파와 상추를 길러 본 사람들은 짐작할 수 있을 것이다. 먹을 것이 꼭 돈으로만 환산되지 않는다는 것을.

　내가 키운 배추, 무, 갓, 쪽파에 고춧가루 써서 담은 김치를 상에 올리고, 갓 따온 토마토 쓱쓱 썰고 루콜라 얹어 샐러드 만들고, 다디단 배추된장국 끓이고, 머윗대 나물, 고춧잎 나물 해서 먹는 맛은 돈으로 환산하기 어렵다. 천상의 맛이다. 이게 바로 농부여서, 시골 살아서 좋은 점이다. 시골살이 하는 사람들 누구나 다 그렇게 얘기한다. 물론 농부여도 농사짓지 않는 작물은 사다 먹는다. 하지만 사다 먹는 건 농사지어 먹는 것만 못하다. 이리저리 차에 실려 다니느라 신선도도 떨어지고 누가 어떻게 농사지은 건지 알 수 없으니 그것도 탐탁지 않다.

　농산물을 살 때도 가능하면 재배 이력을 알 수 있는 로컬푸드를 선호한다. 강화도의 농협 마트에는 로컬푸드 코너가 있는데, 물건을 내놓은 농부의 이름도 함께 적혀 있다. 그중 절반은 나나 남편이 아는 사람이고, 나머지도 한 사람만 건너면 다 아는 사람들일 터이다. 그러니 어디서 어떻게 농사지은 건지 금세 알 수 있다. 아무튼 나는 내가 구할 수 있는 가장 좋은 농산물을 먹고 산다. 내가 직접 농사지은 것이 으

뜸이고, 다음으로 좋은 것은 이웃 농부가 기른 것이다. 그래도 못 구하는 건 마트에서 산다.

●

"농부도 출퇴근 시간이 있어?"

물론이다. 나의 출퇴근 시간은 유동적이고, 굳이 갖다 붙이자면 탄력근무제다. 봄가을엔 오전 9시 전후로 출근해서 오후 5~7시쯤 퇴근한다. 여름에는 오전 7시 전후로 출근하되, 가장 더운 시간에 브레이크 타임을 갖는다. 서너 시쯤 다시 출근해서 저녁 8시쯤 일을 마치곤 한다. 겨울에는 오후에 잠깐 출근하거나 아예 출근하지 않는 날도 있다. 특별한 일이 없으면 아침마다 차를 몰고 5분 거리에 있는 농장으로 출근한다. 흙과 작물이 있고 햇볕과 바람, 풀과 벌레, 새와 짐승이 있는 자연이 나의 일터다.

"그렇게 공부 안 하면 더울 때 더운 데서 일하고, 추울 때 추운 데서 일하게 된다"고 어떤 선생님들이 학생들에게 이야기하곤 하신다는데. 나는 반대로 더울 때 더운 데서 일하고, 추울 때 추운 데서 일하는 것이 자연스럽고 건강하다고 생각한다. 여전히 육체노동에 대한 편견과 폄훼가 존재하는 세상이지만 실제로 우리가 가장 필요로 하는 것들은 그런

노동의 결과로 탄생한다. 농사도 그렇다. 또 날씨와 무관하게, 기온과 무관하게, 일출이나 일몰 시각과 무관하게 시계에 따라 움직이는 도시 생활보다 해의 길이와 날씨에 따라 움직이는 농부의 삶이 훨씬 편안하다.

딱히 쉬는 날이 정해져 있는 것도 아니다. 비가 많이 오면 쉬고, 몸이 고단하면 쉬고, 집안일이 급하면 쉰다. 해가 뜨면 농장에 나가고, 해가 질 때쯤 집으로 돌아온다. 너무 더우면 쉬고, 너무 추워도 쉰다. 은퇴 시기가 정해져 있지 않고 자연과 내 몸의 상태에 따라 일의 완급을 조절할 수 있다는 것도 농부여서 좋은 점이다. 주말마다 아이들 데리고 산과 바다를 찾아다니던 것도 강화도로 이사한 뒤 그만두었다. 굳이 찾아다니지 않아도 산과 바다, 논과 밭이 있고 창문 열고 심호흡 한번 하면 시원한 공기와 풀냄새를 들이마실 수 있으니까.

●

농부여서 좋은 점이 많다면, 서글픈 일들도 많다. 일단 농부라는 직업은 우리나라의 직업 순위 중 거의 최하위권을 차지한다. 소득 규모, 직업 만족도, 선호도 등 어떤 지표를 갖다 대도 마찬가지다. 수입은 적고 노동 강도는 높으며, 미래 가치를 따져봐도 별 볼 일 없는 직업이라는 뜻이다. 미래 가치 부분은 좀 생각이 다르지만, 수입이 적고 노동 강도는 높다는 점에는 동의한다.

남편은 오랜 시간 땅 없는 임대 농부, 남의 땅에서 일하는 농업노동자로 살았다. 시골살이는 하고 싶고 땅 살 돈은 없을 때 농업노동자를 선택하게 되는데, 이게 길어지면 매우 고단하다. 요즘에야 최저임금제도 때문에 농업노동 역시 일정한 임금을 받고 있지만 그전에는 도시의 간단한 아르바이트에 비해 노동 강도는 높으면서 더 적은 돈을 받고 일하는 경우가 허다했다. 물론 농촌의 고용주들 역시 큰돈을 버는 부자는 아니니까 이해는 한다. 요즘 농촌의 주요 일손은 외국인 노동자들이다. 농촌 인구는 힘든 일을 못 하는 7~80대가 많아서 5~60대 젊은 일손이 매우 귀하다. 농업노동자는 대체로 건설노동자보다 낮은 임금이라 이걸로 생계를 유지하는 건 여러모로 곤란하기도 하다.

대학 시절 캠퍼스에 앉아서 막걸릿잔을 기울이며 부르던 노래가 있다. '우리에게 땅이 있다면'으로 시작하는 한돌의 〈땅〉이란 노래다. 오래도록 잊고 있다가 강화도에 살면서 이 노래를 웅얼거리고 있는 나를 발견했다. 그렇다. 농부에겐 땅이 있어야 한다. 그것도 내 땅이. 그러면 콩도 심고, 팥도 심고, 고구마도 심으련만! 농부에게 내 땅이 없으니 서글픈 일이 참 많았다.

땅을 빌리려고 하면 농사짓기 매우 좋지 않은 척박한 땅인 경우가 대다수고 시간과 노력이 많이 들어가는 데 비해 수확은 좋지 않다. 천신만고 끝에 좋은 땅으로 만들어놓아도 땅 주인이 도로 내놓으라고 하면 그만이다. 그러니 그 땅에 퇴비 넣고 밭 가는 수고를 선뜻 할 수가 없다. 꽤 높은 '임대료'도 문제다. 보통 시골에서는 '도지'라고 하는데 논은 쌀로 도지를 계산한다. 200평에 쌀 한 가마니쯤 한다. 도지는 논인지, 밭인지, 과수원인지에 따라 다르고, 토지 상태와 사용 가능한 부대시설에 따라 또 달라진다. 우리도 800여 평 남짓한 포도밭을 임대해서 3년간 농사를 지었는데, 해마다 도지로 150만 원씩을 냈다. 그리 크지 않은 금액일 수도 있지만 연간 1천만 원도 안 되는 매출에 퇴비 사고 비닐 사다까는 비용을 빼고 나면 땅 주인만 돈을 번 셈이다. 농사로 버는 돈을 생각하면 이런 수준의 도지는 적정한가, 하는 생각이 든다. 강화도는 땅값이 비싸서 도지도 높은 편이다.

게다가 직불금 문제도 있다. 직불금은 땅의 소유 여부와 관계없이 농사짓는 사람이 받는 지원금이지만 현실은 그렇지 않다. 직불금을 토지 소유주가 받아 가는 경우가 많다. 땅만 사두고 농사는 근처 농부에게 맡기는 것이라 직불금은 농업경영체 등록을 해놓은 지주에게 돌아간다. 불법이지만 농사지은 사람이 이걸 받았다가는 다음 해부터 땅을 빌릴 수가 없다. 지주는 도지도 받고, 직불금도 받아 챙기는 것이다. 가끔 실제 농사를 짓는지 조사를 나오기도 하지만 그렇게 해서 적발되었다는 사례는 들은 적이 없다. 간혹 직불금만 주인이 가져가고 토지 임대료는 적게 받거나, 직불금을 실제 농부가 받고, 임대료를 더 받는 경우도 있다. 우리 역시 임대농일 때 단 한 번도 직불금을 받지 못했다. 하지만 땅을 빌리는 사람 입장에선 이렇게라도 빌릴 수 있으면 다행이다. 토질이 나쁘지 않다면 해볼 만한 조건이다. 자율주행 자동차가 곧 도로를 달리게 될 거라는 21세기에 조선시대 소작농 제도가 그대로 살아 있다니, 놀랄 일이 아닐 수 없다. 관련 법 개정과 제대로 된 단속으로 이런 문제들이 바로잡히기를 기대하고 있다.

●

농부라는 직업에 대한 편견도 종종 서글픈 마음이 들게 한다. 농부로 살게 된 지 얼마 되지 않았지만 간혹 인터넷에서 '세금 받아서 농사짓는다', '농부들이 게을러서 못 사는 거' 같은 말들을 발견한다. 물론 일부의 시선이고, 또 일부의 농부들에게는 맞는 말이 될 수도 있을 것이다. 하지만 나처럼 좀 게으른 농부도 봄부터 가을까지 적게는 하루 6시간, 길면 14시간 정도 일한다. 주 5일제는 언감생심, 겨울에 몰아서 좀 쉴까, 따로 쉬는 날이 없다. 나보다 더 게으른 농부는 근방에서 본 적이 없다. 세금 받아가면서 농사짓는다는 게 완전히 틀린 말은 아니지만, 농업의 구조와 현실을 몰라서 하는 얘기다. 대개는 그 세금 받는다고 남들보다 편하게 살거나 더 낫게 살지 않는다.

농업은 농부 개인에게는 먹고사는 문제이지만 사회 전체로 보면 공동체의 먹을거리를 생산하는 중요한 일이다. 게다가 농지를 포함한 주위 생태계를 유지하는 역할도 하고 있다. 미국을 비롯한 대부분의 OECD 국가에서는 농업 보조금을 지급한다. 농업과 농부가 갖고 있는 공익적 특수성에 대한 보상인 셈이다. 농부라는 직업은 존중받아 마땅하지만 현실은 정반대에 가까워서 때때로 울적해진다.

게으른 농부의
일 년
농사일지

연두농장의 주 작물이 도라지인 이유는 우리가 게으른 농부라는 점을 충분히 고려해서다. 도라지는 다년생의 뿌리 작물이라 계속 심고 가꿔야 하는 작물보다 조금 여유롭기도 하고 풀만 잘 잡는다면 친환경으로 농사짓기에 나쁘지 않을 거란 판단이었다. 그리고 도라지가 전통적으로 호흡기 증상에 효능이 있는 약재라 향후 수요가 더 생길 거란 예측도 있었다. 도라지는 인삼과 비슷한 효능을 갖고 있지만 값이 싸고 요리로도 활용되는 서민적인 특용작물이라는 점도 마음에 들었다. 그러나 '풀만 잘 잡으면'이라고 쉽게 생각했다가 농장 전체가 풀에 뒤덮이는 사태를 맞이하고서야 다른 농부들이 도라지 농사를 기피하는 이유를 알게 되었다. 잎과 덩굴이 커지면서 땅 위를 덮는 작물들은 초기 제초만 잘하면 이후엔 풀이 덜 자란다. 그러나 도라지는 위로 곧게 자라기 때문에 주위에 난 풀들도 골고루 햇볕을 나눠 받으며 함께 성장한다. 일 년 내내 김을 매주어야 한다는 뜻이다. 김매기에 실패하면 어떻게 될까? 심은 도라지들이 절반 가까이 썩어서 없어지고(양분이 부족하거나 땅이 습하면 썩어서 없어진다), 그렇지 않더라도 크기가 작다. 결국 2021년에 3년생 이상 도라지를 다 캐내고 땅을 다시 갈았다. 이번엔 풀로 뒤덮이는 걸 막아보겠다며 비닐 멀칭을 한 뒤 캐둔 도라지를 심었다. 확실히 풀은 덜 했지만, 폭우가 자주 쏟아지고 땅이 습해져서 작황이 그다지 훌륭하진 않다.

도라지는 1년생부터 5년생까지 모두 판매가 가능하고 순차적으로 캐서 팔거나 이식해서 더 키운다. 1~2년생은 연하고 쓴맛이 적어서 요리용으로 적당하고 3~5년생은 쓴맛도 강해지고 억세서 주로 약재로 사용한다. 가격은 5년생 이상이 비싼데, 2년에 한 번은 도라지를 캐서 다른 땅으로 옮겨 심어야 썩지 않는다. 우리가 재배하는 약용 도라지는 뿌리가 여러 갈래에 잔뿌리도 많아서 손질하기가 쉽지 않은 편이다. 그래서 생물로도 판매하지만 건도라지, 도라지가루 등으로 판매하기도 한다. 3년 전부터 매년 도라지청을 담고 있는데, 본격적인 판매를 위한 레시피와 샘플을 개발하는 중이다. 1년생 종근을 심은 첫해에는 수확도 제로, 도라지로 얻은 수입도 제로였지만 매년 수익이 조금씩 늘어나서 2021년에는 300평 도라지 농사로 1천만 원 정도의 매출을 올렸다. 물론 전량 직거래로 판매했다.

도라지 외에 고추 농사와 토마토 농사를 2021년에 새로 시작했다. 2~3년간 자급용으로 길렀던 경험을 바탕으로 도전했는데, 고추 농사는 풍년이었지만 판매가 저조해서 3~400만 원의 매출을 올리는 데 그쳤고, 토마토는 재배 품종을 잘못 선택한 데다 병충해 때문에 중간에 포기했다.

●

25년쯤 같이 산 농사꾼 이준서 씨는 매년 정월대보름이 되면 농장에서 달집을 태우고 제사를 지낸다. 한 해 농사의 시작을 알리고 풍년을 기원하는 우리 나름의 의식인 셈이다. 정월대보름이 지나면 파종과 육묘를 시작한다. 그해 농사지을 작물들을 정하고, 필요한 종자를 구하거나 작년에 받아둔 종자를 꺼내어 심는 것이다. 노지 농사는 언 땅이 풀리면 거름을 뿌리고 밭을 가는 것으로 시작한다. 노지 첫 작물은 4월 초쯤 심는 감자다. 씨감자를 3~4등분으로 쪼갠 뒤 흙 속 깊이 심어준다. 4월 중순 이후에는 길러둔 모종을 밭에 옮겨 심기 시작한다. 4월 중순~5월 초순 사이에 작물의 종류와 지역, 날씨와 기온에 맞춰 심는데, 너무 빨리 내다 심으면 뚝 떨어지는 밤 기온 때문에 작물이 냉해를 입기도 한다. 옥수수, 호박, 가지, 공심채, 루콜라, 청양고추 등은 매년 심고 있으며, 해마다 몇 가지 새로운 작물을 시험 재배한다. 2020년에는 줄기상추(뚱채나물이라고도 한다)를 길러 봤는데 저렴한 중국산도 많은데다 재배 후 손질과 건조까지의 과정이 너무 복잡해서 포기했다.

올해 새로 길러본 작물 가운데서는 완두콩이 최고였다. 사실 색깔만 예쁘지 완두콩이 딱히 맛있다는 생각을 해본 적은 없었다. 흔한 스파클 완두를 두 이랑 심어서 길렀는데, 세상에 태어나서 가장 달고 맛있는 완두를 먹어보게 되었다. 덜 여문 통통한 초록색의 꼬투리를 그대로 쪄내면 설탕을 친 것처럼 단맛이 났다. 그동안 통조림 완두만 먹어본 탓이거나, 다 여문 단단한 완두만 먹어봤기 때문인 듯싶다. 다른 한 가지는 오크라다. 생식이나 샐러드, 볶아먹으면 맛있는데 생김새도 그렇지만 고추와 재배 방식이 비슷하다. 식감도 낯설지 않은 데다 예쁜 꽃이 핀다. 아열대 식물로 비타

민이 풍부하다.

주 작물 가운데 하나인 고추 농사는 2월 육묘로 시작하고 3~4월에는 밭을 준비한다. 모종이 자라는 사이 하우스 밭을 갈고 이랑을 만들고 점적 호스를 깔고 멀칭을 해둔다. 2021년에는 5월 초순경 450주 정도의 고추묘를 정식했다. 2022년 봄에는 육묘에 실패해서 친환경 유기 묘를 400주 정도 구입해서 심었다. 5월 중순 고추 모종이 뿌리를 내리고 자라기 시작하면 지지대를 세워준다. 쇠파이프를 흔들리지 않도록 땅에 박고 줄을 띄워 고추 가지가 처지거나 부러지지 않도록 끈으로 묶기 시작한다. 그 사이 곁순도 꺾어주고 짬짬이 풀도 뽑아낸다. 6월로 접어들면 하루가 다르게 자라는데, 이때부터는 매주 1~2회 정도 방제를 한다.

일반 농약은 병충해가 생긴 이후에 사용하지만, 친환경 약제는 생기기 전에 미리미리 뿌려준다. 친환경 약제로는 목초액, 은행 엑기스, 유용 미생물, 레시틴 제제(달걀이나 마요네즈를 사용해 만든다), 자닮오일이나 님오일 등을 단독으로 사용하거나 섞어서 쓴다. 애기똥풀, 자리공, 고삼 같은 식물을 끓여서 사용하기도 한다. 노란색 벌레끈끈이도 매달고, '막걸리트랩'도 사용한다. 막걸리트랩은 골치 아픈 고추 해충 가운데 하나인 담배나방을 잡기 위해 만든다. 막걸리에 설탕을 섞어 통에 담아 놓으면 냄새에 이끌린 담배나방이 들어가 빠져 죽는다. 간단해도 효과가 좋은 편이다. 기본적으로는 직접 만들어서 사용하고, 필요한 경우 유기농자재 인증을 받은 친환경 약제를 구입해서 사용할 때도 있다.

●

6월에는 고구마를 심고, 감자를 캔다. 서리태도 이즈음 심는다. 옥수수는 북주기를 해야 한다(흙을 올려 덮어주는 걸 북주기라고 한다). 풀이 한창 자라는 때라 본격적인 제초 작업도 필요하다. 널찍한 곳은 예초기로 풀을 베어내고, 작물 옆은 손과 제초호미(풀 뽑기 좋게 만든 기능성 호미)로 뽑아낸다. 온종일 풀을 뽑다 보면 옆에 1미터가 넘는 풀 산이 생기기도 한다. 2021년에는 6월부터 공심채를 수확하기 시작했는데, 서울 지역에서 열리는 직거래 장터인 '농부시장 마르쉐'의 인기 품목 중 하나였다. 택배로도 제법 판매했다.

7월부터는 고추 농사로 바빠진다. 7월 중순이 지나면 고추를 수확해야 하기 때문이다. 6월 즈음부터 신경 써서 추비(추가로 주는 퇴비)를 줘야 한다. 일반 농가에서는 비료를 사용하지만, 친환경 농가는 추비를 직접 만들어 쓴다. 농부 서방은 '영업 비밀'이라고 하지만 대략 공개하자면 우리가 사용하는 추비 재료는 액젓, 바닷물, 목초액에 달걀 껍데기를 넣어 만든 초산칼슘, 당밀을 넣어 발효시킨 쇠비름액 등이다. 2022년은 비가 자주 오고 병충해가 심해서 광합성균과 유산균, 목초액을 사용했다. 따낸 고추는 씻어서 말려야 하는데, 몇 년 전 장만한 고추세척기 덕분에 앓아눕지 않고 작업할 수 있었다.

7월이면 도라지꽃도 일제히 피기 시작한다. 도라지꽃은 봉긋하게 풍선처럼 부풀어 올랐다가(그래서 Balloon Flower라고 부른다) 다섯 개의 별 모양으로 꽃잎이 벌어진다. 어릴 적 도라지꽃 몽우리를 잡아서 '뽁' 소리가 나게 터뜨리곤 했는데 가끔 그 생각이 나서 나 혼자 '뽁뽁뽁' 터뜨리며 슬그머니 웃곤 한다. 7월부터는 농장에서 먹을거리가 넘치게 나온다. 풋고추, 가지, 청양고추, 고춧잎나물은 실컷 먹고 판매하고도 남아서 이웃들과 나누곤 한다.

●

8월이 되면 농사가 너무나 힘겨워진다. 날이 더워서 하우스에 들어서기만 해도 숨이 막힌다. 새벽같이 일하거나 선선한 바람이 부는 저녁 무렵이 되어야 하우스 안에 들어갈 수 있다. 병충해도 극성이다. 이때는 오전 출근과 오후 출근, 두 번으로 나눠서 가장 더운 한낮엔 집에서 쉬곤 한다. 해도 길고 노동량도 엄청나서 이웃 여성 청년농부들과 같이 밥을 먹으러 가면 체격과 상관없이 밥을 두 그릇씩 싹싹 비우고 나온다. 이 시기에 가장 곤혹스러운 것은 더위보다 모기다. 모기에 물리더라도 시원하게 일할 것인가, 덥더라도 모기에 물리지 않기 위해 모기장 옷을 입을 것인가, 매번 고민하지만 죽기살기로 달려드는 모기를 막을 방도가 마땅치 않다. 8월 말에는 김장 농사 준비를 한다. 무, 배추, 쪽파, 갓, 달랑무, 순무를 주로 심는다. 배추는 대략 100포기 정도 심는데, 아직 농사 요령이 부족해서인지 수확할 때 보면 50~70% 정도가 쓸만한 크기로 자란다.

김장 농사 중에서는 배추 농사가 가장 어렵다. 벌레가 많아서 처음 몇 해는 아예 김장을 할 수가 없었다. 몇 년 전에는 아침마다 배추밭에 쪼그리고 앉아서 잎을 하나씩 헤쳐가며 벌레를 잡았다. 어제 20마리, 오늘 20마리, 내일 20마리. 그래봤자 그 수많은 벌레를 감당할 수가 없어서 친환경 배추 농사는 때려치울까, 하는 생각도 했다. 역시나 농부 서방은 답이 있었다. 생육 초기에 유황 성분의 친환경 약제 처리를 하는 걸로 효과를 봤다. 덕분에 2020년과 2021년엔 농사지은 배추로 김장을 할 수 있었다. 배추 모종을 심자마자 한랭사를 씌워서 키우는 방법도 있는데, 조만간 이 방법도 실험해 볼 예정이다.

●

9월은 고추 수확과 건조로 바쁜 날들이 이어진다. 2021년은 특히 고추 농사가 대풍이라 지겨울 정도로 고추를 많이 땄다. 고추는 친환경 재배가 어려운 작물 중 하나로 꼽히는데, 우리는 일반 농가보다 수확량이 많아서 거의 매일매일 따내다시피 했다. 좋은 가격에 잘 팔았으면 불만이 없을 터인데, 좋은 품질의 고추를 따고도 다 못 팔아서 아쉬움이 남는다. 반면 2022년은 고추 농사가 흉년이다. 주위의 많은 농가가 노지 고추 농사를 망쳤다. 봄 가뭄에 바람이 너무 심해서 고춧대가 부러졌고, 그게 지나자마자 비가 쏟아지고 습해지면서 탄저병이 돌았다. 모종을 심은 순간부터 온갖 벌레가 달려들어서 방제에도 무척 애를 먹었다. 우리 역시 노지에 심었던 고추는 돌풍에 다 부러졌고 하우스에 심은 고추는 탄저와 풋마름병, 담배나방과 진딧물 등의 해충들과 싸우는 중이다. 수확량이 얼마나 될지는 끝까지 가봐야 알 일이다.

고추 역시 직거래와 플리마켓 등으로 팔고 있다. 2021년 가을에는 건고추, 호박, 공심채와 함께 억새와 부들을 한아름 꺾어서 농부시장 마르쉐에 나갔다. 먹을거리만 파는 것이 아니라 시골의 정취도 함께 가져가고 싶어서다. 도시인들도 이런 시골 풀꽃들을 좋아해서 잘 팔린다.

10월에는 맷돌호박을 따다가 껍질을 벗기고 속을 파낸 뒤 잘게 썰어서 건조기에 바짝 말린다. 가루를 내서 팔기도 하고, 건호박으로 팔기도 한다. 노지 농사를 슬슬 정리할 때가 되었다. 고추 가지를 뽑아내고 지지대와 끈을 정리해둔다. 하우스 고추는 아직도 건재하고, 우리는 여전히 일주일에 한 번씩 고추를 따냈다. 2022년도 10월까지 고추를 계속 따고 있으면 좋겠지만, 그건 고추들이 병충해와 얼마나 잘 싸워서 견디느냐에 달려 있다.

●

11월에는 드디어 김장 농사까지 마치고 김장을 한다. 농사지어서 만들어둔 고춧가루가 있으니 든든하다. 이제 새우젓만 사 오면 된다. 강화도 외포리는 새우젓으로 유명한 곳이지만, 현지인인 나는 그 옆 포구인 창후리에 가서 산다. 배 들어오는 날 가서 생새우를 사면 소금을 적당히 넣어서 묶어주는데, 거기 소금물을 조금 더 부어 김치냉장고에 넣어

두면 잘 삭은 새우젓이 된다. 예정대로라면 11월에는 하우스 고추 농사도 정리한다. 고추와 지지대를 뽑고 줄을 정리하고, 묶었던 끈도 풀어서 모아둔다. 멀칭도 싹 걷어내고 바닥에 깔아둔 점적 호스도 잘 말아둔다. 건강한 고춧대는 파쇄기로 잘게 부수어 땅에 돌려주고 병이 들었거나 상태가 나쁜 건 태운다. 11월이면 한 해 농사는 거의 마무리 된다. 그러나 2021년에는 12월까지 고추를 수확했다. 고추 생육 상태가 너무 좋아서 차마 뽑아낼 수가 없었기 때문이다.

1~2월은 땅이 얼어붙기 때문에 노지 농사는 완전히 휴지기로 들어간다. 간간이 볏짚이나 톱밥, 미강(쌀눈) 등을 뿌리기도 한다. 농부도 땅도 쉬는 시간이다. 농부는 그때 밀린 일들을 한다. 집을 고치고, 농기구 수리도 하고, 난로를 만들고, 친구들과 만나 술 마시고 밥 먹으며 논다. 돈이 부족하다 싶으면 아르바이트를 하기도 한다. 나는 책을 읽고 글을 쓰고 밀린 넷플릭스 시리즈를 정주행한다. 잘 쉬어야 다음 농사를 잘 할 수 있기 때문이다.

농사로
먹고살기
참 쉽지 않네!

농사를 지으려면 일단 땅이 있어야 한다. 임대가 아니라 자기 소유의 땅을 마련하자면 돈이 많이 든다. 또 현행법상 직업 농부로 인정받으려면 '농업경영체' 등록을 해야 한다. 1000㎡ 이상의 농지를 경작하거나(임대든 자기 땅이든), 연간 농사로 번 수익이 120만 원 이상이거나, 일 년 중 90일 이상 농업에 종사하는 경우(농업노동자의 경우) 중 한 가지에 해당해야 하고, 이를 증명하는 서류를 준비해야 한다.

정부가 기준한 1000㎡ 규모의 농지만 있으면 전업농부로 충분히 살 수 있을까? 거의 불가능하다. 전업농부들이 볼 때, 1000㎡는 거의 텃밭농사 수준의 작은 규모다. 농사를 직업으로 삼겠다 결심했다면 농지 면적을 계산할 때 여러 사항을 고려해야 한다. 농사지을 작물과 농사지을 사람의 노동력 등을 면밀히 따져보고 작물을 심는 면적 외에 부대시설과 길 등으로 써야 하는 면적 등도 고려해야 한다.

●

귀농귀촌의 가장 큰 어려움은 바로 이 '땅'에 있다. 시골의 절대 농지(다른 건축물이나 시설이 들어설 수 없으며 반드시 농사를 지어야 하는 땅)가 도시 부동산에 비해 현저히 가격이 낮다고 해도 500평 이상 사야 한다고 생각하면 적지 않은 돈이다. 강화도처럼 도시 접근성이 좋은 곳의 농지 가격은 더욱 그렇다. 게다가 농지라는 게 내가 원하는 크기로 나오는 게 아니라 원래의 필지 단위로 판매하기 때문에 대체로 큰 평수로 나온다. 억대의 돈이 들어가므로 쉬운 결정이 아니다. 또 농지를 산다고 해도 끝이 아니다. 시작일 뿐. 땅만 있으면 적은 생활비로도 버티겠거니 짐작하기 쉬운데, 실상은 그렇지 않다. 농사에도 돈이 적지 않게 들어간다.

논을 구매해 그대로 논농사를 지을 게 아니라면 시설비가 들어간다. 논을 메워 밭으로 만들려면 매립 비용부터 문제다. 비닐하우스나 창고를 짓게 되면 그것도 만만치 않은 비용이다. 다음으로는 농기계 구입이 있다. 농지가 2~3천 평 이상이라면 트랙터가 있어야 할 것이다. 그보다 작은 땅이라면 트랙터와 관리기를 놓고 고민하게 된다. 가까운 곳에서 쉽게 트랙터를 빌리거나 공동 경작할 수 있는 조건이라면 매우 고마운 일이다. 트럭이 있으면 요긴하다. 없으면 불편한 일이 매우 많다. 이웃 농가에서 왕겨나 나무, 퇴비 같은 걸 준다고 해도 트럭이 없으면 가져올 수가 없다. 필요할 때마다 부를 수도 없고. 트랙터보다 트럭의 사용 빈도가 훨씬 높다. 작물에 따라 다르지만 대개는 저온저장고(컨테이너 형태의 작물 보관용 냉장고)와 건조기도 거의 필수라 할 수 있다. 드릴, 삽, 곡괭이, 호미, 낫, 쇠스랑 같은 자잘한 농기구도 있어야 한다.

  농사에 필요한 각종 자재와 퇴비도 계속 구입해야 한다. 볏짚도 사야 하고, 친환경 자재 중 하나인 유박(입자형으로 만든 친환경 퇴비)도 마련해야 한다. 균배양체도 매년 구입한다. 운이 좋으면 소똥이나 톱밥, 왕겨 같은 걸 공짜로 얻는 경우도 있지만 운이 없으면 전부 돈 주고 사야 한다. 내 땅에 부족한 미량 원소를 체크해서 그것도 구입해 뿌린다. 자연에서 얻을 수 있다고 해도, 그걸 구하는 데 드는 노력과 시간을 계산하면 사다 쓸 수밖에 없다.

작물을 심을 때 사용하는 비닐과 제초매트, 작물을 지지할 지지대, 지지줄, 고정용 핀과 집게도 전부 소모 비용이다. 물을 주기 위해 설치하는 점적호스(작은 구멍이 뚫린 물주기용 호스)와 스프링클러, 모터, 파이프도 일회용은 아니지만 몇 년 주기로 바꿔야 하는 소모품이다. 만약 농지에 물이 없다면 관정(땅을 기계로 뚫어서 지하수를 끌어올리는 것)을 파기도 하는데, 이것 역시 적지 않은 비용이 든다. 작물을 키우면서 추가로 물에 타서 주는 액체 비료도 사야 하고(친환경 농사는 사기보다는 직접 만들지만 재료비가 든다) 병이 오지 않도록 친환경 약제도 쳐야 한다.

수확한 다음에는 출하를 위해 포장재도 사야 한다. 소비자가 마트에서 사는 3천 원짜리 배추는 대개 농가에서 1천 원 이하로 출하한 것인데, 이 안에는 씨앗이나 모종값, 각종 농기계와 자잿값이 들어가 있다. 농부의 인건비는 도대체 얼마나 들어가 있는지, 들어가 있긴 한 건지 농사짓는 나도 계산이 잘 안 될 정도다. 각종 보조비와 지원을 받아도 이 정도다. 농사지으면서 농부가 써야 하는 돈이 적지 않고, 세금으로 보전해주는 건 주로 이 지출 중 일부다.

농업에는 적지 않은 리스크 요인도 존재한다. 농산물은 크기나 무게, 모양을 표준화하기 어렵고 보관이나 이동 편의성이 다른 공산품이나 가공식품에 비해 상당히 낮은 편이다. 또 노동력이 많이 들어가는데 농산물 가격은 낮게 형성되어 있다. 무엇보다 통제할 수 없는 기후요인이 매우 중요하게 작용한다.

'농사는 하늘이 짓는다'라는 말이 있는데, 절반 이상은 맞는 말이다. 작물의 성장기에 평년보다 급격하게 추워지면 냉해를 입어 한순간에 농사를 망친다. 한여름 태풍이나 폭우에 작물이 쓰러지는 경우도 몇 년에 한 번꼴로 찾아온다. 수확기에 돌풍이나 태풍, 큰비를 맞으면 상품성이 확 떨어지거나 수확을 못 하게 되는 경우도 종종 있다. 이건 사람이 예측하기 어렵고, 대비하기도 쉽지 않다. 기후변화가 가속화되면서 이런 경우가 점점 늘고 있다는 점도 농업이 가진 위험성이다. 농촌에 비닐하우스가 점점 늘어나는 것도 이런 기후요인과 관련이 높다.

비닐하우스 농사의 어려움도 있다. 일단 짓는 데 돈이 제법 들어가지만 일반 건물과 달리 비닐하우스는 소모품에 가깝다. 파이프 골조는 반영구이지만 비닐은 찢어지거나 날아가서, 혹은 낡아서 2~3년 주기로 다시 씌운다. 비가 들이치지 않아서 좋은 대신 사람이 항상 물을 따로 줘야 한다. 스프링클러나 점적호스 등의 기본적인 설비들도 설치해야 한다. 병충해가 생겼을 때 외부와 차단되어 방제가 쉽다는 장점이 있는 반면, 더 빠르게 번진다는 단점도 있다. 특히 여름철에는 지나치게 온도가 높아져서 하우스 농사짓기가 어간 곤혹스러운 것이 아니다. 여름 낮엔 하우스 내부 온도가 40℃를 훌쩍 넘어간다. 추가적으로 차광막을 설치하고 환기팬을 다는 곳이 늘고 있다. 하지만 이 모든 것이 비용이고, 이 비용만큼 수확량이 늘거나 매출이 증가할지는 미지수라 소규모 농가는 고민이 깊어질 수밖에 없다.

●

햇볕과 바람, 비를 맞으며 자란 농산물이 더 건강하고 맛있을 터인데 굳이 돈을 들여 비닐하우스를 짓고, 그 안에서 농사를 짓는 이유는 노지 재배 작물의 작황과 가격이 너무 들쭉날쭉하기 때문이다. 한 해 수천만 원의 이익을 냈던 노지 고추 재배농가가 다음 해엔 자재비도 못 건지고 망하는 경우는 놀랍지 않다. 안정적인 재배와 매출을 위해서는 시설재배가 훨씬 유리하다. 시설이 크고 최신일수록 적은 노동력으로 많은 수확과 매출을 올리는 것이 가능하지만 문제는 그 시설비를 어떤 속도로 회수하느냐는 것이다.

2억 원의 대출을 얻어 딸기 재배 시설을 했다고 가정해보자. 연간 1억 원의 매출에 재배에 들어가는 경비와 인건비, 대출이자를 내고 순수익이 대략 3천만 원이라고 할 때, 한 푼도 안 쓰면서 대출을 갚는다면 꼬박 7년 정도가 걸린다. 시설이 태풍에 날아가거나, 폭우나 가뭄, 폭설 같은 자연재해나 병충해, 기타 다른 이유로 딸기 농사를 망쳐서는 안 된다. 이론상으로는 시설에 투자해서 더 많은 매출과 수익을 올려야 하지만 현실은 매우 가혹하다. 한두 해만 농사를 망쳐도 대출 상환 시기는 10년 이상으로 쭉쭉 늘어난다. 그새 시설은 노후되고 더 좋은 시설이 필요해지지만, 대출을 못 갚은 상태에서는 꿈도 꾸지 못하게 된다.

농사는 살아있는 생명을 다루는 일이라 변수가 많다. 이번에 들인 딸기 모종이 좋지 않을 수도 있고 예상치 못한 병충해를 입을 수도 있다. 심지어 스마트팜 시설이 보급되면서 기계 사용이나 고장 등에도 대처가 가능해야 한다. 대출과 정부 보조금으로 시설을 확충했다가 빚더미에 앉게 되는 농부들도 적지 않다. 억대 매출을 거둔다고 해서 그게 다 수익은 아니다. 부채 비율도 중요하다. 빚에 빚을 더해서 시설을 짓고, 농기계를 사들이다 보면 나중엔 옴짝달싹 못하는 빚쟁이 인생이 된다.

농부가 부자가 되기 어려운 여러 가지 이유 중 하나는 인프라의 부족이다. 귀농귀촌한 젊은 사람들이나, 농촌의 청년 후계농들은 농촌 사회에서 필요한 자원과 인프라를 얻기가 쉽지 않다. 농사를 잘 지어도 마케팅과 유통이 어렵고, 새로운 시도를 위해 필요한 많은 것들이 도시에 밀집되어 있다. 소비처는 도시인데, 생산자인 농부들과 너무 멀리 떨어져 있다. 물리적으로도 그렇고, 유통과정도 그렇다.

●

나는 왜 농사로 돈을 제대로 못 벌고 있나, 다시 곰곰이 생각해 본다. 농장을 구입하기 전엔 내 땅이 없어서 그렇다고 치자. 농지를 구입하고 5년이 지났다. 돈은 계속 들어가지만 주 작물인 도라지가 다년생이다 보니 나오는 게 별로 없고, 판매처도 없었다. 직거래도 해보고 플리마켓에도 나갔다. 작년에서야 어떤 작물을 어디다 팔아야 할지 조금 감을 잡았다. 농사지어서 먹고사는 데 필요한 몇 가지 조건이 있는데, 그동안 나와 남편은 그 조건을 마련하지 못했던 것이다.

안정성 있는 농지가 첫 번째다. 내 땅이든 임대한 땅이든 5년, 10년 안정적으로 사용할 땅이 필요하다. 두 번째는 적절한 농기계와 시설을 갖고 있어야 한다. 대부분의 소득 작물은 하우스 재배라는 걸 생각해보면 노지 농사로는 아무래도 수익을 내는 게 어렵다. 트랙터나 트럭 같은 장비도 있어야 한다. 사람이 삽질하는 데 일주일이 걸리는 일이라면, 관리기는 하루가 걸리고, 트랙터는 한 시간이면 끝낸다. 천평 농사에 웬 트랙터냐고 관리기만 사용했는데, 결국 작년에 15년쯤 된 중고 트랙터를 한 대 구입했다. '돌쇠'라고 이름 붙인 늙다리 트랙터는 정말이지 일주일 치 일을 순식간에 해치운다. 사실 우리 부부는 돌쇠에게 절을 해도 모자랄 판이다. 이게 뭐라고 우리의 수고를 엄청나게 덜어준다.

농사는 누구나 지을 수 있지만, 오직 농사 수입으로만 먹고사는 전업농부는 아무나 할 수 있는 게 아니다. 초기 자본과 농지가 적잖이 필요하다. 안정적으로 작물을 생산하고 적절한 매출이 나오기까지 몇 년의 시간이 걸린다. 아마 도시의 자영업자라면 이런 견적 안 나오는 사업 분야에는 절대로 발을 들이지 않을 것이다.

예를 들자면 이런 식이다. 매장을 사서(아니면 빌려서) 시설 들여놓고 영업 시작했는데, 2년 뒤나 3년 뒤부터 수익이 생긴다? 그 기간 동안 유지관리비는 계속 들어가는데? 나 자신에게 다시 묻는다. 너는 왜 돈도 안 되는 농사를 짓겠다는 거냐. 깊은 한숨, 그리고 아주 긴 생각. 그러게, 왜 농사를 짓지? 이것보다 쉽게 돈 벌 수 있는 일도 많은데. 결국 내가 농부가 되기로 한 이유로 되돌아간다. 흙과 자연 속에서 얻는 평화와 충만함, 나와 가족과 우리 공동체에 도움이 되는 가치 있는 일이기 때문 아닌가. 그러나 이 좋은 직업을 지속하려면 최소한의 경제적 안정성이 필요하다. 그래서 나는 어제도 오늘도 아마 앞으로 한동안, 농사로 돈 버는 방법을 궁리하고 또 궁리할 예정이다.

2
장

시골살이, 준비가 필요하다

시골살이 좋은 점,
말로 다 하긴
힘들지만

시골에서 유년기와 청소년기를 보낸 대학생 딸에게 시골에서 자라서 좋은 점이 뭐야, 하고 물었다. 나는 시골에 살아서, 시골에서 아이 키워서 좋은 건 알겠어. 하지만 당사자인 네 생각도 좀 궁금한데. 넌 엄마랑 다르게 어릴 때부터 쭉 시골에서 살았으니까 말이야.

딸은 잠깐 생각하더니 이런 답을 내놓았다.

"한마디로 정리하자면 감각의 휴식. 소음이 적고 불빛도 적고 좀 심심한 게 좋은 것 같아요. 도시에 나가면 잠깐을 서 있기가 힘들어요. 담배 연기와 매연, 소음 같은 것도 그렇고 방해하는 게 너무 많아요. 감각을 자극하는 게 너무 많아서 힘들어요. 하지만 시골은 가만히 서 있거나 앉아 있어도 별로 방해받지 않거든요. 자연을 접할 때 도시에서 자란 아이들보다 훨씬 편안한 것도 다른 점이고요. 시골 아이들이 좀 순한 건 그것 때문 아닐까요?"

오, 내 생각과 거의 일치하는 대답!

●

그렇다. 시골살이의 가장 좋은 점은 빛과 소음 공해가 적다는 것이다. 딱히 도시가 시끄럽다고 느끼며 산 건 아니었는데 시골에 살면서 새삼 깨닫게 된다. 고요하다. 특히 밤이 되면 묵직한 침묵과 암흑이 함께 찾아온다. 멀리 도로의 가로등 불빛, 골목 어귀의 보안등 불빛을 빼면 칠흑 같은 어둠이다. 가끔 자동차 소리가 멀리서 다가오다가 사라진다. 개 짖는 소리가 들린다. 바람이 나뭇가지를 흔드는 소리, 그리고 밤의 숲에서 들려오는 새소리를 듣는다. 멧비둘기의 '구구, 구우' 하는 소리, 소쩍새의 '솥적, 솥적' 하는 소리. 바람에 문이 조금씩 덜컹거리는 소리. 새삼 도시는 소음이 얼마나 집요하게 공간을 채우고 있었는지를 느끼게 된다. 그 고요함이 처음엔 매우 낯설었다. 사람이 입을 다물면 새소리, 바람 소리만 들렸다. 귀로 느끼는 평화, 나는 그게 참 좋다.

문을 열고 나가기만 하면 늘 자연이 있다. '자연'이라는 거창한 말로 부르기에도 민망하지만 텃밭과 풀밭, 사방으로 산과 숲이 보인다. 주저앉아서 마당에 난 잡초를 뽑다 보면 잠시 잠깐 세상일을 잊게 된다. 손가락 끝에 감기는 풀과 흙의 감촉, 적당한 힘으로 잡아당겨 뿌리째 쏙 뽑아내는 작은 성취감, 뽑아서 쌓아놓은 풀에서 나는 냄새 같은 것. 처음 몇 년간은 마당의 풀을 뽑는 것이야말로 내가 좋아하는 일 중 하나였다.

'감각의 휴식'은 우리를 보다 인간적인 삶과 가까워지게 해준다. 행복은 감각과 밀접한 관련이 있으며, 감각의 휴식은 우리가 무감각해지는 걸 막아준다. 행복한 순간들을 떠올려 보면 대개 감각과 연결되어 있다. 밤에 몰래 부엌에 가서 훔쳐먹던 김치찌개 속 돼지고기의 맛과 질감이며 냄새, 엄마가 집어준 양념게장의 그 쫀득한 속살의 느낌, 안방으로 흘러들던 노란 햇볕과 장판의 무늬들, 강아지를 안았을 때의 그 포근하고 따뜻한 털의 느낌 같은 것들 말이다.

불필요한 자극에서 멀어질수록 우리는 더 예민하고 충만한 감각을 경험하게 된다. 시골살이가 바로 그런 경험을 가능하게 해준다. 비가 함석 지붕 위에, 나뭇잎에, 시멘트로 덮인 마당과 다져진 흙에, 장독대 위에 제각각 다른 소리와 냄새로 떨어지는 걸 느낄 수 있다. 처마를 타고 흙바닥으로 툭, 하고 떨어지는 조금 묵직한 소리와 시멘트 바닥으로 통, 하고 튕기듯이 떨어지는 소리가 다르다는 걸 귀로 들을 수 있다. 바람의 냄새를 맡으면 수분을 얼마나 머금었는지 어림잡을 수 있다. 이런 세밀하고도 진한 감각들은 현실의 고민 속에 사는 우리의 정신을 초월적인 행복 앞으로 이끌어준다. 이런 나 자신의 변화를 예상하지 못했고, 심지어 변화하는 과정조차도 인지하지 못했다. 다만 시골 사니까 좋네, 평화롭네라고만 느꼈을 뿐. 20년이 가까워지도록 시골살이를 한 끝에, 다섯 살 아해가 성인이 된 이후에, 드디어 농부를 결심한 뒤에야 나는 그것이 무엇인지 깨달았다.

봄이면 쑥과 달래, 고들빼기와 냉이가 지천이다. 봄의 새순은 뭐든 먹을 수 있어서 개망초의 순, 머윗잎, 오가피나물 같은 씁쓸하고 부드러운 봄나물을 뜯어다 먹곤 한다. 여름에는 머윗대와 취나물, 풋고추와 가지, 감자, 갖가지 푸성귀가 쏟아져 나온다. 가을에는 무, 배추, 콩, 고구마, 햅쌀과 햇잡곡이 기다린다. 땅이 한 뼘만 있어도 상추나 부추, 쑥갓 같은 푸성귀는 넘치게 자란다. 농장에 먹을거리가 지천이지만 손댈 시간이 부족하다는 게 문제일 뿐. 사실 너무 흔해서 귀한 걸 잊게 된다는 말이 맞는 것 같다. 친정 부모님, 시댁 식구들도 봄이면 우리 농장에 나물 캐러 오시곤 한다.

시골 인심이 많이 사라졌다고 해도 이웃과 먹을거리를 나누는 즐거움은 남아 있다. 밖에 나갔다 오면 대문 앞에 나물 한 봉지가 살그머니 놓여 있기도 하고, 마당에서 딴 감과 사과를 몇 개 얻어먹기도 한다. 고구마 심을 때 일손을 보태면 가을엔 고구마 한 박스를 얻기도 하고, 작물을 수확하고 난 밭에서 '이삭줍기'를 해서 몇 바구니 얻을 때도 종종 있다. 시골 동네에서는 누가 어떤 작물을 어떻게 농사짓는지 서로 잘 알고 있다. 필요한 게 있으면 서로 조금씩 얻어먹거나 가져다주곤 한다. 이런 것들도 시골살이의 즐거움 중 하나다.

●

그렇다고 시골살이가 꼭 생각처럼 낭만적이고 좋기만 한 건 아니다. 현실과 이상의 차이랄까 그런 건 어디에나 존재한다. 시골살이라고 뭐가 다르겠나. 하지만 예상치 못한 좋은 것들도 참 많다. 시골이라는 환경 자체에서 오는 것들도 있지만, 그 환경 속에서 새로 발견하게 되는 것들도 있다. 도시생활자였던 '나'와 시골에 사는 '나'는 생각보다 꽤 다르다. 강화도에서 서울로 출퇴근하는 10년 넘는 세월 동안에도 그랬다. 주중에는 뾰족한 상태의 직장인이자 중간관리자였지만 주말에는 긴장감 없는 시골 아줌마였다. 스트레스 넘치는 잡지 일을 그토록 오래 할 수 있었던 것도 시골살이가 준 휴식 때문은 아니었을까 싶다.

시골살이는 내 속에 잠들어 있었거나 또는 억압되어 있던 '나'를 깨워준다. 어린 시절 이후론 사라져버린 유치한 감정, 특별한 감각들과 함께 문득 찾아온다. 눈 오는 날 사무실에서 창밖을 보며 설레는 마음을 비웃은 건 다름 아닌 나 자신이었다. 퇴근길 막히기나 하지, 이깟 눈 보면서 설레다니, 이런 마음. 사실 직장을 완전히 그만두기 전까지는 내 속의 유치한 감성들을 늘상 무시하면서 살았다.

이젠 남들 퇴근하는 시간에 퇴근할 일도 없고, 눈 오는 날엔 맘껏 소녀 감성이어도 상관없다. 아예 장갑 끼고 나가서 눈사람 만들고 눈썰매 타고 눈싸움하면서 놀면 더 좋다. 처음엔 이런 나 자신이 좀 이상하고 웃겼지만 시간이 지나면서 감정에 솔직하고 억압받지 않는 자신을 더욱 사랑하게 되었다. 훨씬 행복해졌다.

시골에서
아이를
키운다는 것

어린 자녀를 둔 가족이라면 시골살이의 장점을 몇 배로 누릴 수 있다. 사실 내가 이토록 오랫동안 강화도에서 살 수 있었던 이유는 아이들 덕분이었다. 아이들과 함께한 시골살이여서 좋은 점이 많았고, 불편하고 힘든 점들을 감내할 수 있었다. 그 점이 가장 중요했고, 또 만족스러웠다. 아이들은 어린이집과 초등학교에 다니는 동안 노는 시간이 많았다.

"엄마, 이거 보세요. 정말 귀엽죠?"

학교를 파하고 집으로 돌아오는 딸아이의 손가락 하나가 펼쳐져 있다. 가만히 보니 손가락 끝에 자벌레 한 마리가 곧추서 있었다. 벌레를 싫어하는 나는 기함할 노릇이었지만 딸은 그저 신기하고 귀여웠나 보다. 어떤 날은 방아깨비를 신발주머니 한가득 잡아 오기도 하고, 또 다른 날은 지렁이와 사마귀를 들고 왔다. 집 모기장에 매미 탈피한 껍질을 주워다가 줄을 맞춰 매달아 놓기도 했다.

아이들 손톱 밑은 까맣게 흙이 끼어 있는 날이 잦았고 여름엔 이만 하얗게 보일 정도로 새까맣게 태운 얼굴로 지냈다. 겨울이면 볼과 손등이 빨갛게 텄다. 아이들은 추위에도 아랑곳없이 비료 포대를 들고 나가 언덕에서 썰매를 타고, 눈을 뭉치며 놀았다. 논과 수로가 얼면 얼음 썰매를 타러 갔다. 정월대보름의 달집태우기와 쥐불놀이를 기다렸다.

이웃집 닭에게 쫓겨 도망쳐 오기도 하고 집 앞 논에 들어가서 진흙투성이가 되어 들어온 날들도 기억한다. 맞벌이였던 탓에 아이들이 제멋대로 마을을 돌아다니는 시간이 꽤 있었지만, 동네 사람들이 함께 돌봐주었다. 우리가 채 챙기지 못한 시간에 아이들이 어디서 무얼 했는지 지켜보고 있다가 슬쩍 알려주곤 했다. 집 근처의 아동센터에서 방과 후 돌봄을 받았는데, 아이들은 그곳 마당에서 놀면서 긴 오후를 보내곤 했다.

아이들은 더우면 더운 대로, 추우면 추운 대로 잘 적응했고 놀거리를 항상 찾아냈다. 실컷 놀아서인지 잘 먹고 잘 자고, 덜 아프고 짜증과 칭얼거림도 적었다. 심심하면 책을 보며 뒹굴다가 기발한 놀이와 장난도 만들어냈다. 도시에선 병원 문턱이 닳도록 잔병치레를 했는데, 시골살이를 하면서는 병원에 갈 일이 크게 줄었다. 손도, 옷도, 얼굴도 자주 더러워졌지만 오히려 더 건강해졌다. 시골에서는 아이들에게 '하지 마라'고 쫓아다니면서 잔소리할 일도 적다. 시골집에서 실컷 뛰고, 마을에서도 지치도록 뛰어다니며 노는 거야 자연스러운 일이니까. 아이에게 심한 아토피가 있거나 너무 산만해서 강화도로 이주한 가족들도 꽤 있었는데 지금은 그 아이들 모두 건강하게 잘 자라서 성인이 되었다.

●

시골에서 아이 키우고 싶다는 젊은 부모들이 종종 있는데, 나는 전적으로 그 생각에 동의한다. 자연과 접하는 시간이 많고 도시의 지나친 자극에서 멀어진다는 점, 사교육의 과잉에서 보호된다는 점 등에서 확실히 좋다. 특히 학부모 커뮤니티를 통해 자극받는 경우가 줄기 때문에 부모 역시 좀 더 편안한 마음으로 아이와의 관계에 집중할 수 있다. 이런 학원에 보내야 한다, 이걸 안 배우면 큰일 난다는 식으로 부모의 불안을 부추기는 목소리가 거의 없다. 지역마다 사정은 조금씩 다르겠지만 뭘 가르치려고 해도 피아노 학원과 태권도 학원 외에 딱히 특별한 학원 같은 것도 없다. 또래 아이들이 있는 동네에서 산다면 방과 후에 아이가 혼자 시간을 보낼까 걱정할 필요 없이 알아서 잘 어울려 노는 편이다. 우리 아이들은 강화도에서 어린이집, 유치원부터 다니기 시작해서 고등학교까지 마쳤다. 도시에서 자란 아이들과 크게 다르지는 않지만 취향과 감수성만큼은 약간 독특한 편이다. 무엇보다 마음이 따뜻하고 순수하며 긍정적이어서 좋다. 나는 시골에서 아이 키운 걸 참 잘했다고 생각한다.

'공부 잘 시켜서 좋은 대학 보내야지' 하고 생각한다면 시골에서 아이 키우는 게 도움이 되지 않을 수도 있다. 하지만 감수성이 풍부하고 따뜻한 품성의 자녀가 되기를 원한다면 시골살이는 좋은 선택이 될 것이다. 시골에서 아이를 키운다고 좋기만 한 건 아니지만 득실을 따져 보면 어릴 때 시골에서 실컷 뛰어놀고 자라는 편이 훨씬 낫다.

●

유치원, 초등학교까지는 시골살이가 좋은 줄 알겠는데 중고등학교까지 시골에서 쭉 다녀도 될까? 그건 아이가 어떤 기질을 갖고 있으며 어떤 진로를 원하는가에 달려 있다.

사실 청소년기 아이들은 몹시 사납고 까다로워지는데, 시골과 도시의 정도가 매우 다르다. 그나마 시골 아이들은 참아줄 만한 수준이다. 예전에 출퇴근하면서 가끔 부딪히는 서울의 청소년들은 무서울 정도였다. 청소년들이 욕하는 건 그냥 그러려니 하는데, 욕의 내용이 달랐다. 시골 아이들도 욕은 하지만 그저 저희끼리 티격태격하는 수준이었다면, 서울 아이들은 선생님, 부모, 친구를 대상으로 한 섬뜩한 표현의 욕을 내뱉어서 걱정이 되기도 했다.

굳이 공부 때문에 도시로 나갈 필요가 있을까? 사실 요즘의 청소년 문제는 대학을 목표로 한 과도한 학습 압박이 만든 병폐가 아닐까 생각한다. 아이들에게 뭘 하고 싶냐, 어떤 직업을 갖고 싶냐고 물어도 "하고 싶은 것이 없어요"라는 답을 듣게 된다. 어릴 때부터 하도 시키는 것만 하다 보니 '아무것도 하고 싶지 않은' 무기력증이 오는 것이다. 하고 싶은 게 생기려면, 아이에게 뭔가 자꾸 시키면 안 된다. 제멋대로 실컷 놀아보고 딱히 할 것 없는 심심한 시간을 보내본 경험이야말로 '하고 싶은 일'을 만드는 동력이다. 아이를 채근하지 않고 내버려 두는 건 아무래도 도시보다 시골에서 쉽다. 그래서 나는 시골에서 청소년기까지 마치는 것도 괜찮다고 본다. 특별한 재능 때문에 시골에서 적당한 교육기관을 찾기 어려운 경우가 아니라면 그렇다. 어차피 대학은 도시로 갈 거니까. 대학에 진학하지 않아도 20대 초반의 청년들은 도시로 나가게 되어 있다. 드물게 농업을 직업으로 선택하는 경우를 제외하면.

●

여기까지 쓰고 보니, 시골에서 아이 키우는 것의 단점도 짚어봐야 균형이 맞을 것 같다는 생각이 든다. 일단 시골에는 아이들의 숫자가 절대적으로 적다는 점이 오히려 문제가 될 수 있다. 유치원이나 어린이집이 제법 멀어서 통원버스를 타야 하고 초등학교도 통학버스를 운영하는 곳이 많다. 마을 단위로 초등학교를 유지할 만한 인원이 되질 않아서 계속 폐교·통합하기 때문이다. 교사나 교육의 질을 따졌을 때도 도시보다 낮다고 할 수 없다. 학기 중간에 전학을 오거나 하면 따돌림 문제도 발생할 수 있다. 유치원부터 초등학교, 중고등학교까지 쭉 같은 학교에 다녀야 해서 따돌림 문제가 한번 생기면 쉽게 해결하기도 어렵다. 학부모 모임에서도 원주민과 외지인들 사이에 벽을 느끼게 된다. 다양한 기질의 아이가 많이 모여있는 도시의 학교에서는 눈에 띄지 않겠지만 적은 숫자의 아이들이 오래도록 함께 공부하는 시골에서는 까다로운 기질이나 독특한 취향을 가진 아이들은 더욱 적응하기가 어렵다. 만약 자녀를 동반한 귀농귀촌을 생각한다면 꼭 따져봐야 할 사항이다.

특히 어릴 때 지역 아이들과 섞이면 문제가 덜하지만 초등학교 고학년 이상 청소년기에 갑작스럽게 시골로 전학할 때는 각별한 주의가 필요하다. 한 학년에 3개 학급 이상의 규모가 되는 학교를 권하는 편이다. 그리고 학기 중간보다는 학년이 바뀔 때를 맞추면 '외지에서 온 아이'라는 선입견을 조금이라도 줄일 수 있다. 아무래도 어릴 적부터 함께 자란 친구들끼리의 끈끈한 관계 속에 섞이기 어렵기 때문에 아이가 외로워하지 않는지, 마음에 맞는 친구가 있는지 살펴보고 적절한 관계를 맺을 수 있도록 지원해줘야 한다.

●

만약 시골에서 접하기 어려운 교육을 시켜야 한다면? 이런 경우에는 부모의 노력이 필요하다. 우리 아이들이 어릴 때 수영을 가르치고 싶었는데, 강화도 안에 마땅한 교육기관이 없어서 단 하나뿐인 실내수영장에서 개인 강습을 시켰다. 그나마도 한 해 배우고 난 뒤에는 실내수영장이 문을 닫아서 중단했다. 딸은 초등학교 관악부에서 트럼펫을 배우다가 이후에 트럼펫을 전공하게 됐는데, 강화도 안에서 전공 교육을 받기 어려워서 인천과 서울로 레슨을 받으러 다녔다. 물론 일주일에 한두 번씩 아이를 태우고 다니는 건 부모의 몫이었다. 시골에서 제대로 된 사교육을 받기란 어려운 일이다. 그래서 나는 학원보다는 개인교습을 추천한다. 짧은 시간 동안 더 빨리 배우기 때문이기도 하고 부모와 아이의 스케줄에 맞춰 움직이기도 나아서다. 시골이라 해도 잘 찾아보면 주위에 재능 있는 어른들이 종종 있어서 지역 내에서 배울 수 있는 경우도 있다. 고등학교 때부터는 기숙형 학교들도 많아서 고민이 줄어든다.

어? 이게 아닌데!
시골살이의
무수한 어려움들

"전원주택에서 사는 거야? 정말 부럽다. 나도 나중에 시골에 전원주택 짓고 텃밭 농사지으면서 사는 게 꿈인데."

강화도에 산다고 하면 종종 듣는 말이다. 하지만 나는 흔히 생각하는 시골의 그 멋진 전원주택에 단 한 번도 살아본 적이 없다. 앞으로는 어떨지 모르지만. 내가 살아본 집들은 웃풍 쌩쌩 들어오는 허름한 브로크집, 일제강점기에 지어져 마루에 난방이 들어오지 않는 낡은 한옥, 시골 주택가의 오래된 다세대 주택과 단독주택이다.

강화도는 수도권에서 가깝고 비교적 교통이 편리해서 전원주택지로 손꼽히는 곳 중 하나다. 실제로도 강화도 곳

곳에 전원주택이 들어서 있다. 단지로 조성된 곳도 있고, 오래된 동네 중간중간에 지어져 있기도 하다. 대개는 은퇴한 부부가 살거나 은퇴를 앞둔 사람들이 주말 별장으로 사용한다.

'전원주택'이라고 하면 적당한 규모의 정원과 텃밭이 딸린 아름다운 집을 떠올리게 된다. 나도 강화도에서 산 지 얼마 되지 않았을 때는 그런 집들이 매우 부러웠다. 언제 돈 벌어서 저런 집 지어서 사나 했다. 하지만 살다 보니 집에 관한 생각이 바뀌었다. '집은 작아야 한다.'

강화읍을 제외한 다른 강화도 지역에는 도시가스가 공급되지 않는다. 대개는 등유나 LPG로 난방을 하기 때문에 난방비는 비싸고 효율은 낮아서 도시만큼 따뜻하게 지내는 곳이 드물다. 집이 클수록 난방비는 무시무시하게 늘어난다. 등유를 사용하던 마니산 아래 구옥에서는 한 달에 50만 원의 기름값(10년 전인데도)을 쓰고도 겉옷을 껴입고 살았다. 멋진 전원주택에 사는 사람들도 크게 다르지 않다. 주로 사용하는 공간만 난방을 켜고 보조 난방기구(나무 때는 난로나 전기난로, 전기장판, 히터 등)를 사용해야 한다. 복층이나 2층 건물 전부를 난방하면 한 달 난방비가 백만 원을 넘어선다. 물론 강화도가 추운 지역이기도 하지만 시골은 바람을 막는 건물이 없어서 대체로 도시보다는 춥다. 제주와 남해안 일대를 빼면 대개 시골이 그렇다.

●

시골살이는 도시에서 나고 자란 사람들이 쉽게 적응할 수 있는 삶의 형태는 아니다. 덜컥 전원주택부터 알아볼 것이 아니라 살고 싶은 지역을 자주 다녀보고, 월세나 전세살이를 좀 해보고 나서 천천히 결정하는 것이 좋다. 시골살이는 대개 2년 정도를 고비로 본다. 2년 안팎의 기간 내에 포기하고 도시로 다시 빠져나가는 경우가 태반이 넘기 때문이다. 흔히 말하는 '텃세'의 문제도 있고 막상 겪어보니 매우 불편한 각종 인프라의 부족 때문인 경우도 있다. 어쨌든 막연히 생각하는 시골살이와 실제 시골살이는 다르다.

친정 부모님 역시 시골살이를 동경하던 터라 딸 곁인 강화도로 이사를 하셨다. 그게 3~4년 전이었는데, 2년을 채운 뒤 다시 원래 사시던 성남으로 이사하셨다. 친정엄마는 병원을 자주 다니셔야 했는데 늘 강화도의 의료 서비스가 만족스럽지 않다고 하셨다. 그리고 시골 물가가 더 비싸다는 것도 불만이셨다. 의외라고 느끼는 사람도 있겠지만 몇 가지 농산물을 제외하면 물가가 도시보다 비싸다. 도시에 비해 접근성이 떨어져서 물류 비용이 높은 편이기도 하겠지만 그걸 감안해도 좀 비싸다고 느낀다. 소비자가 적고, 매출과 이익도 적어서일까? 또 부모님은 연세가 있으셔서인지 새로운 이웃과 친구 사귀는 일을 어려워하셨다. 친정엄마는 성격이 활달해서 조금 나았지만, 친정아버지는 강화도에 2년을 사는 동안 친구 한 명을 못 사귀셨다. 오래된 친구들과 다른 자녀들을 자주 보지 못해 아쉬워하시더니 결국 도시로 나가셨다.

●

시골살이에는 도시 생활과 다른 어려움들이 존재한다. 좋다, 나쁘다의 가치 판단보다는 도시생활자들이 겪으면 매우 당혹스럽고 두려울 수 있는 낯선 경험들이다. 무조건 이해해야 한다고는 생각하지 않는다. 하지만 왜 그런지 이유를 알면 당황하지 않고 잘 대처할 수 있다.

농촌과 도시 생활의 가장 커다란 차이점 중 하나가 '관계'다. 도시는 대문 닫고 들어가면 그만이다. 이웃과 가볍게 인사를 나누는 정도로 지낼 수 있지만 그 집안의 사정은 잘 모른다. 사생활의 영역이 잘 지켜지고 사람에 관한 관심도 낮은 편이다. 하지만 시골살이는 아주 다르다. 인구가 적은 데다 노령인구가 압도적이다. 사람에 관한 관심이 매우 높아서 새로 이사 온 젊은 사람이라면 그 마을의 최대 관심사가 된다. 관심을 받는다는 건 좋기도 하고 부담스럽기도 한 일이다. 도시인이 생각하는 적당한 관심과 시골 동네의 적당한 관심의 정도는 근본적으로 다르다. 귀촌 생활의 시작에서 가장 당혹스러운 상황은 바로 이 지점에서 시작되는 경우가 많다.

서울로 출퇴근하던 때, 하루는 마감을 하느라 새벽 1~2시쯤 돌아온 날이 있었다. 다음날 남편은 동네 사람에게 "어제 그 댁은 집에 안 들어왔나벼?"라는 이야기를 들었다고 했다. 왠지 나는 소름이 좀 끼쳤다. 내가 집에서 나가고 돌아오는 것, 집에 불이 꺼지는 시간까지 다 알고 있다는 생각이 들어서였다. 옛날에는 이웃집 수저 개수도 다 안다고 했는데, 시골은 여태 그런 정서가 남아 있는 듯하다. 시골살이를 제법 한 요즘은 그런 관심도 그저 그러려니 한다. 시골에는 보이지 않는 눈이 있고, 동네 사람들이 내가 무엇을 하는지 대충 다 알고 있다고 짐작하면 된다. 새로운 사건과 사람이 드문 시골에선 어쩌면 당연한 일이다. 시간이 한참 지나 익숙해지면 그런 관심도 시들해진다.

주의해야 할 점들도 있다. 나 역시 아무리 시골에 살아도 사람들이 아무 때나 문을 쓱 열고 들어오는 건 적응이 되질 않는다. 주말에 거실에서 자다가 문 열고 들어오는 동네 어르신 때문에 혼비백산했던 기억이 있다. 이웃과 공유하는 공간과 침해받고 싶지 않은 개인의 공간을 잘 정해서 처음부터 그 공간에는 사람을 들이지 않는 것이 좋다. 시골은 공간의 공유 개념이 있어서 비록 내 소유라고 하더라도 길과 마당은 동네 사람들과 공유하는 풍토가 강한 편이다. 그러니 마당에 들어왔다고 해서 화를 낼 일은 아니다. 그게 싫으면 담을 높이 치고 살아야 할 것이다. 다른 방법으로는 '외지인'들이 모여 사는 마을로 들어가는 것이다. 익숙한 도시 생활과 크게 다를 것 없어서 편안하다. 하지만 대개 그런 곳은 세컨하우스로 쓰거나 노년을 보내기 위해 들어온 분들이 사는 터라 함께 농사짓는 것은 기대하기 어렵다.

●

시골 마을의 '텃세'에 대해서는 여러 말이 많다. 때때로 미디어나 인터넷상에 자극적인 이야기들이 떠돌기도 한다. 범죄행위에 가까운 텃세가 가끔 있다는 소문은 들었지만 내가 직접 겪은 바는 없다. 다만, 은근한 경계는 존재한다. 사실 오랫동안 한동네에서 살아온 농촌 공동체 안에 낯선 사람이 들어서는 것이 반가운 일만은 아닐 것이다.

도시 사람들이 농촌의 텃세를 두려워하는 것처럼 농촌 사람들 역시 이주민이 공동체와 지역에 끼칠 여러 해악을 경계한다. 외지인들이 부동산 투기를 목적으로 시골 땅이나 집을 사서 건축공사를 하는 것도 좋아 보일 리 없고, 오래도록 밟고 다니던 길을 외지인이 구입한 뒤론 내 땅이라고 펜스를 치고 막아버리는 일도 종종 있어 당황스럽다. 도시에서 시골로 들어가는 사람은 그게 인생 최초의 경험이겠지만, 반대로 농촌 사람들은 도시에서 이주한 사람을 여러 차례 겪어보게 된다. 경험치가 다르니 태도도 많이 다르다.

'처음 시골에 들어가면 동네 사람들과 잘 지내야 한다'고 듣고 떡을 싸 들고 집집이 인사를 다니는 경우도 많다. 하지만 기대한 것과 달리 시골 어르신들이 시큰둥한 반응을 보이는 경우도 흔하다. 마을에 들어왔다가 한두 해 만에 다시 이사 나가는 사람들이 많기 때문에 굳이 정을 주지 않으려는 것이다. 몇 년을 두고 어떻게 지내는지를 본 뒤에 공동체에 슬슬 편입시켜주는 것도 그런 이유다. 또 외지인들이 자신들을 은근히 '무식한 시골 사람' 취급한다고 생각해서 거리를 두는 경우도 있다. 실제로 무시하는 건 아니더라도 도시에서 몸에 밴 말과 행동이 현지인들에게는 잘난 척, 있는

척으로 느껴질 수도 있으니 조심하는 것이 좋겠다. 사실 시골살이와 농사에 현지인보다 나은 선생님이 없다. 배운다고 생각하면 크게 척 질 일이 없을 것이다.

간혹 동네 사람들과 교류 없이 뚝 떨어져 사는 귀농귀촌인들도 존재한다. 굳이 찾아가서 친하게 지내려고 노력하는 게 힘들거나 귀찮게 느껴져서 그렇다. 집도 마을에서 제법 떨어져 있다. 이런 사람들은 동네 주민들이 아닌 다른 관계를 형성하고 거기서 필요한 정보와 도움을 얻는다. 예를 들어 지역의 청년농부 모임이라든가 작목반, 친환경 농업인 단체, 종교 모임, 비슷한 연령대와 취향의 사람들과 교류하는 것이다. 이것도 나쁘지 않은 방법이지만 동네 어르신들과 척을 져서는 곤란하다. 서로 안부를 묻고 종종 왕래하고 살아야 지역 소식도 듣고 자연스럽게 섞여 살 수 있다.

●

귀촌인을 힘들게 하는 적극적 텃세를 경험하는 경우도 있다. 동네 공동수도(도시의 상하수도가 아닌 수원지를 마을에서 공동으로 관리하고 이를 식수로 사용하는 방식이다)의 사용을 거절한다든지, 동네에서 공동으로 사용하고 있는 길이나 시설의 이용을 못 하게 한다든지, 농사에 필요한 중요한 정보를 알려주지 않는 것 등이 있다. 사실 이것 말고도 소소하고 악의적인 텃세의 형태는 여러 가지가 있다.

만약 집을 짓거나 땅을 매립하거나 하는 부동산 관련 행위를 하게 된다면 텃세는 매우 적극적인 형태로 바뀐다. 강화도의 경우에도 이미 절반 이상의 지주가 외지 사람이다. 동네 사람들은 외지에서 온 사람들이 하는 부동산 관련 개발 행위를 매우 언짢게 생각한다. 농지를 구입해서 이런저런 제도와 정보를 이용해 소득을 올리는데, 공동체에 이롭기는커녕 상대적 박탈감만 안겨주기 때문이다. 공사 차량을 막아서거나 민원을 넣어 중단시키는 일은 매우 흔하다. 매립이나 건축을 하기 전에 마을 이장, 동네 어르신들과 얼굴을 맞대고 상의해보는 것이 좋다. 불합리하고 불법적인 요구는 수용하지 않아도 되지만 마을 주민의 입장에서 우려하는 부분이 무엇인지 먼저 파악하고 조심하는 것이 필요하다. 그리고 농사를 짓겠다는 의지가 확실하다면 결국 해결이 될 거라고 믿는다. 도시인들은 땅을 언제든 매매가 가능한 재산의 일부로 생각하지만, 농촌 사람들이 땅에 대해 갖는 애착은 다르다. 경작지를 놀리는 것을 매우 보기 싫어하고, 경작지를 다른 상업시설로 바꾸는 것에 대해서도 눈살을 찌푸린다. 허허벌판에 아무도 없는 것 같지만 어디에

나 마을 사람들의 눈이 존재한다는 걸 알아두는 것이 좋다. 매우 좁은 시골의 커뮤니티에는 나도 모르는 사이에 내 소문이 도는 경우도 잦다.

●

도시에서 누렸던 각종 문화, 교통, 편의시설 인프라가 고맙다고 생각한 적이 없었는데 시골 살면서는 종종 아쉽다. 시골은 병원, 극장, 도서관, 은행, 대형마트 같은 곳이 멀다. 그리고 도시에 비해 시설이나 서비스가 부족해서 만족하기도 어렵다. 대학병원이나 종합병원, 준종합병원도 멀리 나가야 하는 시골이 많다. 다들 시골살이에서 부족할 거라 짐작하는 부분이지만 막상 겪으면 예상보다 더 불편하다. 다행히 강화도에는 몇 년 사이 집 근처에 '작은영화관'이 생기고 읍내에 종합병원이 하나 들어 왔으며 농협 하나로마트가 덩치를 키워서 대형마트로 변신했다.

교통 인프라 역시 중요하다. 가야 할 곳들이 멀어서 차가 없으면 옴짝달싹 못하는 신세가 되기 십상이다. 나는 시골살이를 시작하자마자 운전면허를 바로 취득해서 운전대를 잡았다. 아이들 데리고 병원도 가야 하고, 가끔 어린이집에도 가야 하는데 하루에 고작 몇 번 다니는 군내버스를 이용하는 건 현실적으로 어려웠기 때문이다.

　너무 소소하지만 외식이나 야식, 배달 음식을 시켜 먹을 때 선택의 폭이 좁고, 서비스나 음식의 질이 만족스럽지 않은 것도 시골살이의 아쉬움으로 꼽을 수 있다. 물론 시골에 살면서 그런 건 뭐하러 시켜 먹냐고 할 수도 있지만, 살다 보면 이런 게 아쉽다.

　그리고 한 가지, 어딜 가나 벌레가 너무 많다는 것이다. 특히 모기는 농사지으면서 가장 지긋지긋한 곤충이다. 풀숲에서 김이라도 맨 날에는 모기에 2~30군데나 물리기도 한다. 밤에 몸을 박박 긁다 보면 모기에 대한 분노가 확 치밀어 오른다. 파리도 너무 많다. 만약 근처에 축사가 있다면 파리 때문에 못 살겠다는 말이 절로 나온다. 지네, 쥐며느리, 꼽등이, 그리마, 거미를 발견하는 건 일상이다. 개구리, 두꺼비, 쥐들도 살고, 뱀도 자주 출몰한다. 처음엔 벌레들 때문에 기겁하고 벌벌 떨곤 했지만 시골살이 오래 했더니 그건 나아졌다. 뱀이나 쥐는 사람을 알아서 피해 가니, 밟지만 않으면 된다. 장화를 신으면 괜찮다. 나머지 벌레는 툭툭 치면 다 떨어진다. 이젠 제법 내성이 생겼다.

　귀농귀촌을 꿈꾼다면 시골살이의 장점만 생각할 것이 아니라 단점과 수용 가능한 '불편함'에 대한 체험이 필요하다. 어느 정도의 불편함까지 감수할 수 있을지는 사람마다 다르다. 가족과 함께 귀촌할 거라면 가족 구성원 각각이 겪게 될 일들을 세심하게 가늠해보는 것이 필요하다. 시골살이에 대한 환상이 클수록 실망도 커진다. 그래서 내게 시골살이가 어떠냐고 묻는다면 대개 이렇게 답한다.

"사람 사는 게 다 거기서 거기지. 시골이라고 별다를 거 없어. 조용하고 공기 좋은데, 불편한 게 아주 많지."

농사,
여자 혼자서는
안 될걸?

"이건 어떻게 사용하는 거예요?"

"손으로 눌러서 잡고 쑥 빼내면 돼요. 그냥 빠져요."

방제에 필요한 부속을 사러 가서 점원에게 사용법을 물어보면 아주 쉬운 일이라는 식으로 대답한다. 그런가 보다하고 사다가 직접 내 손으로 해보면 영 딴판이다. 손으로 아무리 눌러 빼려고 해도 절대 빠지지 않는다. 30분쯤 땀을 뻘뻘 흘리면서 씨름하다가 결국 남편에게 SOS를 친다.

"아니 이게 손으로 잡아 빼면 빠진다고 해서 해봤는데, 절대로 안 빠져. 이거 불량 아닌가?"

내가 볼게, 하고 남편이 잡아당기자마자 쑥 빠졌다. 내 악력이 문제였던 것인가? 이런 일이 한두 번이 아니다. 부속을 결합하고 빼내는 간단한 일까지 남편 손을 빌려 하고 싶지는 않았다. 그런데 실제로는 무거운 걸 들고 나르는 게 아닌 일에도 자주 남편을 부르게 된다. 하, 이래 갖고 여자 혼자 농사짓겠나 싶은 생각이 절로 든다.

도대체 왜 이런 일이 흔한가, 농사에 어울리지 않는 보잘것없는 육체라서인가, 몸 쓰는 것이 영 신통치 않은 '몸치'여서인가 곰곰이 생각해보았다. 농사는 누구라도 할 수 있어야 하는데 내가 뭐! 그래서 내린 결론은 '농사와 관련된 거의 모든 것', '농기구와 농기계의 거의 모든 것'이 남성을 표준으로 하고 있기 때문이라는 거다. 상대적으로 힘이 떨어지는 여성들은 작은 것 하나에도 절절매기가 예사다.

●

전통적으로 농사는 힘이 있는 남자들의 일이었다. 그러나 요즘은 여성 농부들이 농업에서 담당하는 몫이 급격하게 높아지고 있다. 농업이 시설화, 기계화되고 있어서 예전에 비해 여성 농부들이 할 수 있는 일의 범위도 크게 늘어났다. 하지만 여전히 사람이 힘을 써야 하는 일이 많고 농기구는 성인 남성의 힘을 기준으로 하고 있기 때문에 여성 농부들은 간단한 농기구 사용에도 어려움을 느낀다. 체구가 작은 여성일수록 더욱 그렇다. 섬세함이 필요한 밭일도 많지만, 기본적으로 밭을 일구는 데 필요한 삽질, 쇠스랑질은 물론이고 파이프 연결하고 나사 조이고 푸는 데도 힘이 들어간다.

　나야말로 남부럽지 않게 키가 작은데다 힘이 부족해서 못하는 일이 무척 많다. 고추 지지대 하나를 제대로 못 박는다. 요즘 고추 지지대는 직경 25밀리미터 쇠파이프를 2미터 길이로 절단해서 사용하는데, 이걸 땅에 단단히 박으려면 사다리를 밟고 올라가서 망치로 내리쳐야 한다. 관리기 사용도 쉽지 않다. 동력으로 움직이지만 기우뚱해서 옆으로 누우면 혼자 힘으로 일으켜 세울 수가 없다. 물론 모든 여성이 다 그렇다는 건 아니고, 나는 그렇다. 인근에서 농사짓는 여성 청년농부는 나와 달리 혼자서 관리기도 척척 몰고 전동 공구도 잘 사용한다.

●

　여성 농부가 겪는 어려움은 물리적 힘의 부족뿐만이 아니다. 통계 자료를 살펴보면, 여성 농부들을 가장 힘들게 하는 것은 가사의 병행이다. 빨래, 청소, 식사 준비와 설거지 같은 소소한 집안일을 하는 데 하루 최소 2~3시간이 소요되는데, 농번기에는 이 시간조차 내기가 쉽지 않다. 만약 돌봐야 할 아이들이 있다면 이 부담은 가중된다.

만약 미혼 여성이 귀촌한다면 귀에 못이 박히도록 듣게 될 이야기는 이거다.

"아가씨는 왜 결혼을 안 해? 내가 좋은 사람 아는데 소개시켜 줄까?"

농촌은 도시에 비해 여성에게 보수적이다. 농촌 인구의 평균 연령을 생각해보면 그럴 법도 하다. 최근 우리 사회를 뜨겁게 달구고 있는 '성인지 감수성'이라든가 '젠더 감수성' 같은 이슈는 딴 세상 이야기다. 동네 이장에 여성이 선출되면 강화도 전체에 소문이 날 정도다. 젊은 여성이 혼자 농사를 짓는다고 하면 "여자 혼자 농사를 어떻게 짓냐"며 좋은 관심이든, 불편한 관심이든 인근의 관심이 쏟아진다. 도와주겠다는 좋은 마음이라고 해도 불쑥불쑥 찾아오는 동네 어르신들이 불편하게 느껴질 수 있다. 관심의 정도가 지나치면 무서워진다.

특히 여성 혼자 귀농귀촌을 생각하고 있다면 연고가 없는 지역에 들어가기보다는 가족, 친지 등의 연고가 있거나 젊은 사람들이 모여 있는 지역을 선택하는 것이 여러모로 안전하다고 생각한다. 강화도로 귀촌하려고 혼자 방을 얻었던 젊은 여성 하나는 주인집 아저씨가 상의 없이 문을 열고 들어왔던 걸 알고는 분노를 넘어 공포를 느꼈다고 했다. 이 친구는 결국 얼른 방을 빼서 다른 지역으로 이사했다. 나이 지긋한 이웃 어르신이라고 해도 마냥 안심할 수가 없다. 좋은 마음에 믹스커피 한두 잔 대접했는데, 그 뒤로는 매일 찾아오는 바람에 아주 불편해 죽겠단 이야기 정도는 흔한 해프닝이다. 별일 없다고 해도 시골에서는 이렇게 사람이 드나들면 동네 소문이 이상하게 나서 여간 신경 쓰이는 게 아니다. 이렇게 저렇게 동네 총각을 엮어 주려는 이웃들의 노력도 매우 불편하다.

●

이런 관심과 반대로 여성이라고 무시당하는 경우도 자주 겪게 된다. 물론 나는 남편과 함께 농사를 짓기 때문에 이런 일을 거의 겪지 않았지만 전해 들은 이야기는 꽤 된다. 농사를 짓다 보면 옆 논이나 밭 경계, 수로를 중심으로 분쟁이 생기는 경우가 종종 있다. 점잖은 사람이면 천만다행이고 그렇지 않으면 반말 욕지거리에 막무가내로 자기주장만 하는 나이 지긋한 아저씨나 할아버지를 상대해야 한다. 만약 남자였다면 달랐을까? 확실친 않지만 정도가 덜했을 것 같다는 생각은 든다.

뭔가 고치려고 사람을 부르거나 중장비가 필요해서 인력을 쓰는 경우에도 여성 혼자면 좀 만만하게 보는 것 같다. 알고 있는 비용보다 더 높게 부르거나, 일을 일부러 더디게 하는 것 같거나, 뭔가 해야 할 일을 하지 않고 안 해도 될 일을 하는 것 같은 느낌이 들지만 딱 부러지게 따지지 못하는 경우도 있다. 만약 따지려 들면 벌컥 화를 내고 그만두겠다는 소리를 해가며 협박조로 대꾸하니 그냥 꾹 참게 된다. 여성을 무시해서다, 외지인에 대한 텃세다, 라고 잘라 말하기는 어렵지만 불편하고 불쾌한 일들. 이런 일을 안 당하면 좋겠지만 연고 없는 곳에 홀로 귀농귀촌하는 여성들은 겪기 십상인 일들이다. 몇 번 반복해서 당하면 느끼게 된다. 여자라고 무시하고 깔보는구나, 라는 걸. 이걸 극복하려면 대단한 '강단', '깡다구'를 보여주는 방법도 있고 주위의 청년농부나 여성 농부들과의 관계를 활용하는 방법도 있다. 꾹 참고 당하거나 싸우기보다는 슬기롭게 나만의 방법을 찾는 것이 좋다. 우리 남편의 조언을 옮기자면 '경찰을 부르겠습니다' 하고 그 자리에서 바로 전화하라는 것이다.

써 놓고 보니 여성 혼자 귀농하지 말라는 소리처럼 들릴 수도 있겠지만 그건 아니다. 여성 농부가 가진 특별한 장점도 있다. 농산물의 주 구매자가 같은 여성들이기 때문에 소비자의 니즈를 보다 정확하게 파악할 수 있다. 구매와 요리, 보관 등에서의 편리성을 고려하여 작물을 선정하고 마케팅을 기획할 수 있다. 소비자의 취향을 섬세하게 가늠하고 거기 맞춰 농산물의 가공과 판매를 진행하는 건 남성보다 여성 농부들이 훨씬 잘한다. 특히 농산물 가공 쪽은 여성 농부들의 비율이 아주 높다. 나와 남편 같은 가족농의 경우, 남자 쪽은 땅을 갈고 시설을 세우거나 유지 관리하는 일을 하고, 여자 쪽은 판매, 마케팅, 가공 쪽을 맡아서 하는 것이 일반적인 분업 형태다.

도시에서 하는 농부시장에 나가 보면 농산물을 구입하면서 어떻게 요리하고 보관해야 하는지 묻는 소비자들이 많다. 그럴 때 필요한 어드바이스를 잘하는 쪽도 여성 농부들이다. 정책적으로도 여성 농부와 여성 창업자를 대상으로 한 지원사업이 많고, 여성 가산점 등이 있어 각종 정책사업에서 선정 확률이 높다.

정리해보자면 현재의 농촌과 농업은 남성 중심의 보수적인 구조를 갖고 있으며 여성들에게 여러모로 불리한 것이 사실이다. 그러나 차츰 여성 농부들에게 적합한 도구와 기계, 설비들이 나오고 있으며 제도적 지원이 뒤따르고 있다. 시장과 소비자 계층이 다각화되고 있어서 이에 맞는 농산물과 가공품, 서비스의 필요성이 커지는 요즘이야말로 여성 농부들에게 기회가 아닐 수 없다.

시골 마을에서 가장 활동력이 높고 의사결정을 좌지우지하는 파워를 가진 조직이 '부녀회'다. 이미 오래전부터 여성들은 농촌과 농업을 지탱하고 있었다. 조용히 뒤를 지킨 '할머니' 세대와 달리 요즘 젊은 여성들은 주도적으로 전면에 나서는 중이다. 농부 카페와 농부 식당을 열고 참신한 아이디어의 농산물 가공품을 내놓는다. 농산물과 가공식품 판매 플랫폼을 만들기도 한다. 농부가 아니어도 좋다. 외지인이든 현지인이든 젊은 여성들이 농촌에 존재하는 건 좋은 일이다. 그녀들은 농촌 사회에 활력과 새로움, 변화를 가져다준다. 그녀들의 생활방식과 소비패턴이 나비의 날갯짓처럼 작은 바람을 만들고 결국 큰 태풍을 불러올 거라 믿어 의심치 않는다.

농사의 기술

농부는
혼자 일하지
않는다

초여름 일렁이는 초록빛 논 한가운데 밀짚모자 하나가 보인다. 조금씩 움직이던 모자는 잠시 후 쑥 올라선다. 피사리를 하던 농부가 새까만 얼굴을 드러낸다. 1킬로미터쯤 떨어진 고추밭에는 홀로 동력분무기로 약을 치는 농부가 보인다. 하얗게 날리는 포말 뒤로 작은 무지개가 떠 있다. 양옆 비닐을 활짝 열어놓은 비닐하우스에서도 한두 명의 농부가 움직이는 게 보인다.

　자세히 들여다보지 않으면 사람이 있는지 없는지조차 알 수가 없다. 목청을 높여 사람을 부르거나 휴대폰으로 전화를 걸어야 얼굴을 볼 수 있다. 농촌에서 일하고 있는 농부의 모습을 보는 건 생각보다 쉽지 않다. 너른 농지에 농사짓는 농부가 몇 명 되지 않기 때문이다.

부부인 우리도 종종 각자 일한다. 일할 사람은 달랑 두 명인데 할 일은 태산이니 꼭 함께해야 하는 일이 아니면 각자 움직이는 것이다. 그래서 얼핏 보면 '요즘 농사는 혼자 짓나 보다'하고 생각할 만하다. '농사'하면 꼭 떠올리게 되던 모내기 풍경은 사라진 지 오래다. 여럿이 열을 맞춰 논에 모를 심는 광경은 딱 한 번 봤다. 그것도 진짜 농사가 아니라 중학생을 대상으로 한 체험행사였다. 농경민족의 오래된 미풍양속으로 꼽히던 '두레'나 '품앗이'가 살아있는 농촌은 매우 드물다. 인력을 대체할 기계가 등장한 탓도 있지만, 그보다 농부의 숫자가 급격하게 줄었기 때문이다. 농부가 혼자 일하게 된 건 그 탓이다. 혼자 일하는 게 좋아서라든가, 더 편해서가 아니다.

●

고백하건대, 나는 혼자 농사일하는 게 참 좋다. 정수리에서 솟은 땀이 목에 건 소창 수건을 적시고, 바람에 땀이 날아가고, 나는 반복해서 풀을 뽑고 곁순을 따낸다. 하염없이 시간이 가고 짬짬이 땅바닥에 앉아서 차가운 커피를 마시는 게 참 좋다. 조금 지루하다 싶으면 라디오를 듣거나 유튜브에서 빈티지 재즈를 찾아 틀어놓는다. 무념무상의 평화가 찾아온다.

이렇게 일하는 나를 보면 농사 스승님이자 진짜 농부인 남편은 혀를 찬다. 꼭 저렇게 제 혼자 일하고 있다고. '아, 전 이게 정말 좋아서 그런 겁니다, 아저씨!'라는 말을 꿀꺽 삼키고 "뭐 딱히 같이 일할 사람도 없고, 혼자 찬찬히 하면 좋잖아" 그러면 다시 "농사 혼자 짓는 거 아냐. 같이, 같이 해야 잘할 수 있어"라는 귀에 못에 박힐 것 같은 똑같은 대답이 돌아온다.

농사 스승님 말씀은 옳다. 농사는 혼자 짓기가 어렵다. 함께 어울려 하면 1+1=2가 아니라 1+1=3, 1+1+1=8, 1+1+1+1=20의 공식이 된다. 혼자서 열 고랑 째고 멀칭까지 다하려면 꼬박 하루, 나 같은 초짜는 이삼일이 걸린다. 이걸 두세 명이 같이 하면 서너 시간 만에 끝난다. 멀칭할 때 비닐을 맞잡아줄 손이 있으면 빠르고, 모종을 날라서 하나씩 뽑아줄 손과 심는 손이 따로 있으면 빠르다. 고추 줄을 맬 때 맞은편에 잡아줄 손이 없으면 혼자서 절절매게 된다. 혼자 귀농하는 사람들에겐 바로 이 지점이 문제다. 농사는 혼자 짓기가 어렵다는 것. 마을 사람들과 어울려 지내고, 귀농 청년들끼리의 커뮤니티가 중요한 이유도 그런 것이다. 모여서 노는 게 아니라 농사에 필요한 인력과 도구, 지식을 나누는 공동체가 되기 때문이다.

●

혼자 뚝뚝 떨어져 각자 자기 농장에서 일하는 농부들은 다쳐도 즉시 발견해서 병원에 데려다줄 사람이 없다. 그래서 간혹 다치거나 쓰러져서 오래도록 혼자 누워 있다가 간신히 전화를 걸어 병원에 갔다는 이야기도 듣는다. 이런 이유 때문인지 벌판의 농부들은 가끔 보이는 다른 농부에게 관심이 많다. 뭘 하는지 멀리서 지켜보고 있다가 위험하다 싶으면 후닥닥 달려간다. 시골의 오지랖이 귀찮기도 하지만 이런 속 깊은 사연들도 숨어 있다. 다닥다닥 붙어 살지만 서로에게 관심을 주지 않는 도시의 삶과는 정반대다. 농촌에 살면 혼자인 것 같아도 느슨한 공동체 안에 슬그머니 포함되기 마련이다.

하지만 함께 일한다는 것은 생각처럼 쉽지 않다. 내 코가 석 자라 남의 일 거들 짬이 없다. 게다가 남이 해주는 일이 내 성에 차기도 어렵다. 요즘은 품앗이 대신 인력을 사서 쓴다. 힘든 일에는 외국인 노동자들이, 크게 힘이 들지 않는 일이라면 동네 어르신들이 주로 한다. 매일 따야 하는 채소류 수확이나 손질, 포장 같은 것들은 동네 할머니들이 모여서 소일 삼아 하는 경우가 많은데, 오랫동안 농사로 단련된 분들이라 손끝 맵기가 젊은 사람들은 절대 못 따라갈 수준이다. 예전에 포도 농사를 지을 때는 포도알을 솎아내고 포도봉지를 씌우는 일이 가장 어렵고 바빠서 사람을 썼다. 알음알음 동네 어르신들을 모셔온 적이 있는데, 안 해본 일이 없으신 분들이라 오히려 우리가 배워가며 일했다.

●

강화도에도 친환경 농사를 짓는 분들이 있다. 그러나 지역과 작물이 다르면 서로 오가며 돕는 것이 쉽지 않다. 우리 부부는 도보 5분 거리에서 친환경 농사를 짓는 여성 청년농부, 차로 10분 거리에 있는 또 다른 여성 청년농부와 자주 어울리며 함께 농사를 지었다. 아무래도 사람이 모이면 공유되는 정보량도 많아지고 지칠 때 힘이 되기도 한다. 바쁠 때 급한 일을 함께하거나 대신 해주기도 한다. 밥도 혼자 먹는 것보다 여럿이 먹는 게 맛있다. 사람이 모이면 그만큼 갈등도 생기지만, 농사란 것이 나만 먹고살자고 하는 일이 아니고, 남들과 나누기 위해 하는 일이 아닌가. 가까운 이웃 농부부터 챙기는 게 당연지사다. 이웃 농부가 농사를 망쳤다고 나에게 득이 될 일이 없고, 대풍이 들었다고 내가 피해를 입을 일도 없다.

공동 브랜드를 만들고 공동 출하를 하는 영농조합이나 작목반은 그만큼 돈도 잘 번다. 돈이 벌리니까 모인 것인지, 모여서 돈을 버는 것인지 선후관계는 잘 모르겠다. 대농이라면 모를까, 중소농은 시설 투자를 할 여력이 없는데 농부가 모이면 시설이나 기계류의 지원사업을 따내는 것도 쉬워진다. 서로 모이지 않을 이유가 없다.

●

혼자만 잘 살겠다는 마음으로 귀농하는 사람은 없겠지만, 사람과의 갈등이 피곤해서 혼자 농사짓고 싶다는 사람도 없지 않을 것이다. 나처럼. 그러나 이런 마음도 시간이 지나면 차츰 나아질 것이다. 도시 생활에 지친 마음, 사람에게 다친 상처들을 치유할 시간이 필요한 것일 테니.

농사는 식물만 키우는 것이 아니다. 다쳐서 움츠러든 내 마음을 키우는 일이기도 하고 사람들과 따뜻한 관계를 키우는 일이기도 하다. 농사는 혼자 하는 일이 아니라 여럿이 하는 일이다. 도시 깍쟁이에 깐깐한 중간관리자 출신인 나도 농사를 제대로 짓기 시작한 2년 사이, 슬슬 마음을 풀어 놓고 있다. 농사 기술은 좀 빠지지만 대신 잘하는 걸로 보탬 이 될 방법을 찾는 중이다.

세상의 모든
지식이 필요한
'농사'

농부는 거의 만능이다. 못 하는 것, 못 만드는 것이 없다. 초짜 농부인 나는 어림 반 푼어치도 없는 일이지만 중수 농부인 서방을 보아도 그렇고, 고수인 동네 어르신들을 봐도 그렇다. 필요한 건 대충이라도 직접 만들어 쓴다. 심지어 손수 집도 짓는다. 농기구도 직접 만들고, 내년에 뿌릴 씨앗도 직접 거두어 보관하고, 퇴비도 만들고, 작물을 담을 가마니와 널어 말릴 돗자리, 묶을 새끼줄도 만들 줄 안다. 하지만 요즘은 고수급 농부들이 너무 고령이 되신 데다가, 사실 필요한 것들을 손쉽게 구입할 수 있어서 직접 만들어 쓰는 일이 줄었다.

"어르신, 이거 직접 만드신 거예요? 이거 어떻게 만드셨어요?"

"어, 그거 내가 만든 거 맞지. 근데 그걸 뭐 할라고 만들어. 사서 써. 사서 쓰는 게 편혀."

멍석, 싸리비 같은 것도 짱짱하게 만들어두셨길래 물었더니 그냥 사서 쓰라고만 하신다.

한곳에 쭈그리고 앉은 농부는 십중팔구 뭔가를 고치거나 만드는 중이다. 부러진 삽자루도 고쳐야 하고 휘어진 지주대도 탕탕 두들겨서 펴야 하고 살대를 구부려서 작은 비닐 터널도 만들어야 한다. 평상 짜고 원두막 짓고, 개집, 닭장, 토끼장은 물론이고 비닐하우스나 농막을 직접 짓는 농부들도 있다. 눈에 보일동말동한 작은 씨앗을 고르고 파종하는 일부터 집채만 한 트랙터를 모는 일까지, 농사에 관계된 모든 일이 농부의 손을 필요로 한다.

●

현재 우리나라에서 재배하는 작물의 종류는 3,000여 종이고, 농가에서는 판매를 위해 적게는 한두 가지, 많으면 20~30종 정도의 작물을 재배한다. 내가 먹기 위해 키우는 텃밭 작물도 10~30종에 이른다. 오랫동안 농사를 지은 농부들은 적어도 100여 가지 이상의 작물 재배 노하우를 알고 있다. 적합한 흙의 종류, 파종 시기와 수확 시기, 필요한 비료와 시비 시기(친환경에서는 화학비료 대신 퇴비를 쓰지만, 관행 농사를 지은 어르신들은 비료 이름과 시비량을 정확히 알고 있다), 작물별로 흔한 병충해와 방제 방법(관행 농사에서는 농약 이름과 희석배율을 외우신다), 북을 주거나 솎거나 묶는 등 작물 생육에 필요한 조치, 수확 시기와 방법, 보존 방법, 조리 방법까지 모르는 게 없다. 심지어 우리가 논둑 밭둑의 잡초라고 퉁쳐서 부르는 것들의 이름과 쓰임새, 민간요법까지도 전부 알고 있다.

"이건 개망초, 이건 고들빼기, 얘는 비단풀, 저건 쇠뜨기, 저쪽에 저건 바랭이."

"개망초랑 명아주는 어린 순 나올 때 꺾어다가 나물 해 먹으면 맛있지."

"벌에 쏘이면 여기 이 쇠비름 보이지? 그거 꺾어서 쏘인 자리에 언능 문지르면 금세 가라앉아."

●

농사에 필요한 농기구는 대충 헤아려도 수십여 종류이고 쓰임에 따라 수백여 가지로 나뉜다. 낫, 호미, 삽, 쇠스랑,

갈퀴, 네기, 곡괭이 등이 대표적이며, 조금씩 모양이 달라서 여러 종류를 사용하게 된다. 꼭 써야 할 농기계도 대여섯 가지 이상은 된다.

요즘 농부는 기계를 잘 다뤄야 한다. 논농사는 이미 80~90% 정도 기계화가 되었다. 사람이 장화를 신고 논에 들어가는 일은 일 년에 몇 번 되지 않는다. 사람 손이 많이 필요한 밭농사, 과수 농사도 기계 없이는 불가능하다. 기본적으로 다뤄야 하는 농기계는 중소 규모 농장에서 흙을 갈고, 이랑을 내는 관리기(예전에는 경운기도 많이 썼지만 요즘은 관리기나 트랙터, 둘 중 하나를 사용한다), 논과 밭 등 비교적 넓은 땅을 갈고 수확하고 비료를 뿌리는 등 다목적으로 사용되는 트랙터, 길고 깊은 수로를 내거나 둑을 만들거나 흙을 옮기고 다지거나 나무 등을 파내야 할 때 사용하는 굴삭기, 풀을 깎을 때 사용하는 예초기 등이다. 때때로 로더나 지게차 등을 움직여야 할 수도 있다.

이런 농기계들은 그저 작동만 해야 하는 것이 아니라 용도에 따라 쟁기 등을 바꿔 달아야 하고, 소모품을 갈아 줘야 하기 때문에 어느 정도는 기계를 만질 줄 알아야 한다. 농장 내에 관주 시설을 설치하고 지주대나 유인줄을 고정하려면 그라인더와 드릴 정도는 다룰 수 있어야 한다. 이 정도면 농부는 정말 '맥가이버'와 '잡학박사' 수준 아닐까?

●

　요즘 농촌에는 '스마트팜' 바람이 불고 있다. 기술 발전에서 소외되어 있던 농업 분야에도 첨단 기술과 장비가 도입되기 시작한 것이다. 사람 손으로 하던 것, '감'으로 하던 것을 데이터와 기계로 대체하는 중이다. 스마트폰을 켜서 온실의 온습도를 체크하고, 물을 주고, 문을 여닫고, 환풍기나 온풍기를 켤 수 있다. 데이터를 축적해 이를 분석하면 작물에 맞는 최적의 조건을 찾아낼 수 있다. 생산도 안정적일 수밖에 없다. 필요한 인력이 줄어드는 것은 말할 나위가 없다. 이렇게 좋은 걸 안 할 이유가 없다! 딱 한 가지 이유만 없다면. '돈이 많이 든다'는 것, 이것 한 가지만 빼면 말이다.

　결론부터 말하면 중소농은 스마트팜을 본격적으로 시작하기가 어렵다. 시설 투자비가 많이 들어가기 때문이다. 지원사업을 통해 일부 국가 보조를 받는다고 해도 억대의 돈이 들어간다. 그럼에도 불구하고 '스마트팜' 바람은 농촌과 농업 분야에 새로운 활력을 불어넣는 중이다. 새로운 것이라곤 잘 보이지 않던 농자재 부분에도 이전보다 조금쯤 '스마트'해진 제품들이 등장하고 있다. 시설 전부를 바꿀 수는 없지만 부분적으로 필요한 기술을 시도하는 것은 가능하다. 전기 전자제품에 대한 어느 정도의 이해가 있다면 비닐하우스 개폐기, 스프링클러, 온습도계, 냉난방기계 제어 등은 비교적 어렵지 않게 직접 설치하고 인터넷을 통해 제어할 수 있다. 다만 이런 전자제어 시설을 유지 관리하기 위해서는 어느 정도 자력으로 유지보수가 가능해야 해서, 아무래도 고령의 농부보다는 젊은 농부들 중심으로 확산되고 있다.

"스마트팜? 그거 별거 아니야. 웬만하면 내가 다 만든다니까!"

우리 농장의 중수 농부는 큰소리를 뻥뻥 친다. 그리고 약간 '스마트'한 몇 가지를 만들긴 했다. 농장 하우스의 실내등을 문 앞에서 리모컨으로 켤 수 있게 되었다. 조금 편리해졌다. 모터와 부속, 가볍고 긴 호스를 사다가 전동분무기도 만들었다. 이건 상당히 편리했다. 이거 없었으면 일주일에 두세 번 해야 하는 방제를 포기했을지도 모른다. 보기엔 우스꽝스러울 수도 있지만 이게 우리식 스마트팜이다.

●

뜯어 보면 스마트팜이 다 좋은 것도 아니다. 제대로 이해하고 제어할 수 없으면 오히려 골칫거리가 될 수 있다. 장비에 이상이 생기면 뚝딱 고치기도 어렵다. 간단한 조작과 수리 정도는 내 손으로 할 수 있어야 즉시 대응이 가능한데, 이상이 생길 때마다 사람을 불러야 한다면 비용이 드는 건 물론이고, 제때 손쓰지 못해 농사를 망치게 될 수도 있다. 사실 이제 막 귀농한 중소농들은 스마트팜을 시작하기도 어렵고, 바로 시작하는 걸 권하지도 않는다. 어느 정도 농사의 기본을 쌓고, 판로를 개척한 이후에 시작해야 리스크를 줄일 수 있기 때문이다. 초기에 고가의 장비들을 덜컥 구입했다가 나중에 작물을 변경하면 무용지물이 되는 경우도 흔하다. 작물별로 필요한 시설과 장비가 조금씩 다르기에 그렇다.

이제 출발 단계에 있는 '스마트팜' 기술이 보다 발전하면 중소농들도 활용 가능한, 좀 더 저렴하고 대중적인 기술과 설비가 나올 것으로 기대하고 있다. 인력이 매우 부족한 농촌의 상황을 볼 때, 이 기대는 빠른 속도로 현실화되지 않을까 한다.

요즘
농부는
마케팅!

힘든 일을 대신해주는 기계의 보급과 분업화로 육체노동은 조금 줄었다. 대신 새로운 일거리가 생겼다. 판매와 마케팅이다. 판매를 위해서는 선별, 세척, 포장이라는 과정이 필요하다. 예전에는 박스에 수확한 뒤 선별해서 벌크(개별 포장 없이 박스째로 담아 놓은 것) 상태 그대로 유통상으로 넘어갔지만 지금은 소비자가 구입하는 소포장 형태로 출하한다. 기계의 도움을 받기도 하지만 물량이 많지 않은 중소농은 직접 포장해서 내보내야 한다.

또 한 가지 변화는 농산물 직거래가 꾸준히 늘고 있다는 점이다. 직거래에도 여러 가지 방식이 존재하는데 네이버나

카카오에 직접 온라인 입점하는 방법, 근처의 농부시장이나 플리마켓에 주기적으로 출점해서 판매하는 방법, 지역 로컬 푸드에 입점하는 방법, SNS를 통해 판매하는 방법 등이 있다. 이런 판매 방식을 알아보고 준비하는 데도 많은 시간과 시행착오가 필요하다. 또 안정적인 수익을 내는 데까지는 적지 않은 기간이 소요된다.

●

　온라인에서 농산물을 판매하려면 사진을 찍고 글을 써서 콘텐츠를 만들어야 한다. 시장에 직접 나가서 판매하는 경우에도 가격표, 진열대, 포장재 등을 알아보고 준비해야 한다. 홍보 전단이나 팸플릿, 작은 현수막을 마련하기도 한다. 요즘은 택배 배송을 많이 하는데 이것도 준비가 만만치 않다. 용량별, 작물별로 적당한 포장재료를 구해야 한다. 아이스박스, 종이박스, 내부 충전제, 아이스팩 선택에 이르기까지 뭐 하나 쉬운 게 없다. 젊은 사람들이야 인터넷을 뒤져 샘플을 받아본 후 주문하는 것이 번거로울 뿐, 어렵다고 생각하진 않지만 50대 농부만 되어도 이런 일들이 농사짓는 것보다 훨씬 어렵게 느껴진다.

　농부시장 마르쉐나 지역 플리마켓에 나가는 일도 생각

처럼 쉽지가 않다. 시장에 나가는 시간만큼 농사를 지을 수가 없기 때문에 진짜 바쁜 농번기에는 고민스럽다. 시장에 나가기 전날에는 팔 물건을 수확하고 다듬고 소분해서 포장하고 이것저것 준비물을 챙겨야 하니 그것도 바쁘다. 차라리 돈을 적게 받더라도 유통업체에 한꺼번에 넘기는 편이 농부에게 훨씬 편할 수도 있다. 하지만 '조금 싸게'가 아니라 '너무 싸게' 넘겨야 한다는 것이 문제다. 출하 물량이 많은 대농은 주로 유통업체를 이용하는데, 오래 보관할 수 없는 농산물의 특성상 최대한 빨리, 한번에 내보내야 하기 때문이다.

●

중소농인데다 친환경 인증을 받은 우리 농장은 직거래 비율이 100%다. 생산량도 많지 않은 데다가 친환경 농산물은 기존의 판매 유통망을 이용하기가 곤란하기 때문이다. 직거래는 적정한 가격으로 소비자에게 판매할 수 있다는 장점이 있지만 농가에서 준비해야 할 일이 기하급수적으로 늘어난다.

우리 농장의 경우, 농부시장 마르쉐 같은 직거래 장터에 나갈 때는 가급적 벌크로 가져가서 저울에 달아 판매한다.

필요한 건 판매 단위에 맞춘 종이봉투다. 강화도의 로컬푸드에는 비닐 소포장으로 출하해야 한다. SNS 등으로 들어온 주문은 아이스박스에 아이스팩을 함께 넣어 보낸다. 작물의 종류와 판매 단위, 판매 방식에 따른 가격 책정과 포장 방법, 포장재 등이 조금씩 달라진다.

직사광선을 받지 않아야 하는 건 알루미늄팩, 속이 보이되 습기를 피해야 하는 건 크래프트 창 지퍼백, 택배용 용기와 아이스박스의 사이즈도 계산해서 주문해야 한다. 주 작물이 하나여도 포장 단위나 판매처별로 달라지는데, 여러 가지 작물을 판매하려면 그만큼 복잡해진다. 수확 이후의 과정을 농사라고 해야 할지, 마케팅이라고 해야 할지 조금 헷갈리기는 한다. 요즘 농업기술센터에서 하는 교육과정 중에는 'SNS 활용 마케팅', '유튜브 동영상 만들기', '농식품가공', '농업마케팅', '농업경영' 같은 과목들이 부쩍 많아지고 있는데, 농사의 기술만큼 마케팅과 경영 기법이 중요해졌기 때문이다.

●

젊은 농부들은 SNS를 통해 마케팅과 판매를 진행한다. 페이스북과 인스타그램을 주로 활용하는데, 팔로워 숫자가 일정 수준이 될 때까지는 판매나 홍보 같은 직접적인 효과를 기대하기가 어렵다. 하지만 꾸준히 SNS 활동을 해서 3천 명 이상, 1만 명 정도의 팔로워를 확보하면 돈을 내고 광고하는 것보다 나은 효과를 내기 때문에 전력투구하는 젊은 농부들도 꽤 있다. 팔로워 숫자를 늘리는 게 생각보다 어려워서 1~2년 이상 꾸준히 해야 하고, 해시태그도 적절하게 활용해야 한다. 말은 이렇게 하지만 나도 2년째 인스타그램을 하는데 팔로워 숫자가 1천 명의 반에도 못 미친다. 요즘은 유튜브가 대세인데, 영상 콘텐츠는 만드는 데 시간이 매우 많이 걸려서 손을 못 대고 있다.

SNS 마케팅의 핵심은 매일 꾸준히 하는 것이다. 매일이 바쁜 농번기에도 사진을 찍고 글을 써서 올려야 하는데, 육체노동을 하고 나면 기진맥진해서 어느새 꾸벅꾸벅 졸게 된다. 마케팅 역시 농부가 해야 할 일 중 하나지만, 이것만큼 어려운 것도 없다. 농업기술센터의 온오프라인 교육을 몇 번이나 들어도 어렵기는 매한가지다. 주요 작물의 선정부터 판매와 고객관리에 이르기까지 마케팅의 범주에 들어가지 않는 것이 없다. 나처럼 다른 분야에서 마케팅 교육을 받고 직접 해본 경험을 가진 사람도 그럴진댄, 농사만 지었던 농부들이 자력으로 접근하는 건 까마득히 높은 담장 밑에 선

기분일 것이다. 그래서 지자체 단위로 농산물 브랜드를 만들고 작목반이나 영농조합 단위로 공동 브랜드와 마케팅, 공동 출하와 판매를 한다. 이런 인프라를 사용할 수 있다면 참 좋겠지만, 그렇지 않은 경우가 더 많다. 강화도만 해도 '강화섬쌀', '강화속노란고구마' 같은 공동 브랜드가 있지만 모든 작물, 모든 농부에게 해당하는 것은 아니어서 직접 해결해야 할 것이 많다. 농사지은 작물의 가공 역시 농부가 고민해야 하는 지점이다. 1차 농산물 판매만으로는 적절한 수입을 얻는 것이 쉽지 않고, 소비자들 역시 직접 요리하거나 손질하는 것보다는 편리하게 가공된 형태의 제품을 원하기 때문이다.

●

판매 채널에 따라 소비자들의 성향도 차이가 많이 난다. 서울 지역 여러 곳을 돌며 열리는 친환경 직거래 장터인 '농부시장 마르쉐'는 현재 소비자들의 친환경 농산물에 대한 니즈와 반응을 알아보기에 딱 좋은 곳이다. 상품 그 자체의 품질보다 자신의 가치에 맞는 것을 구매하는 경향을 '가치 소비'라고 하는데, 마르쉐를 찾는 소비자들은 가치 소비가 무엇인지를 잘 보여준다.

"이거 벌레가 좀 먹어서 구멍이 살짝 있어요"라고 조심스럽게 말하면 "친환경 농산물이 원래 그렇잖아요"라고 무심하게 대답한다. 값을 깎아달라거나 덤을 더 달라는 요구도 거의 없다. 오히려 "이렇게 싸게 파시면 안 되는 거 아니에요?"라고 걱정해준다. 농부시장 마르쉐에 나간 초기에는 이런 손님들 때문에 약간 당황스러운 기분이 들 정도였다. 이곳에서는 소량 판매가 잘 되고, 반대로 크고 무거운 농산물은 잘 팔리지 않는다. 일인가구나 이인가구인 젊은 층이 주 소비자이기 때문이다. 손질하기 번거롭거나 조리가 어려운 농산물도 별로 인기가 없다. 예를 들면 우리 농장의 도라지 같은 품목이다. 그래서 즉시 요리할 수 있도록 일년생 도라지를 세척해서 가져갔더니 팔리기 시작했다. 맷돌호박을 그대로 들고 나가면 다시 들고 돌아오기 십상이다. 이걸 말려서 소분하거나 가루로 만들면 팔린다. 알타리무는 사 가는 사람이 없지만 김치나 장아찌로 만들어서 작게 포장하면 잘 팔린다. 지난 일 년간 농부시장 마르쉐에 종종 참여하면서 소비자들을 직접 만나고 반응을 볼 수 있어서 여러모로 도움이 됐다. 샐러드 채소, 서양요리에 쓰이는 채소와 허브들의 인기도 주목해 볼 만했다.

직거래에 비해 얼굴을 보지 않고 하는 온라인 거래는 훨씬 어렵다. 비대면이어서 서로에 대한 정보가 부족하고, 작물에 관한 대화도 제한적이다. 택배로 보내기 때문에 중간에 문제가 생길 확률도 높다. 2021년 여름에는 감자와 토마토, 가지, 공심채와 고춧잎 등으로 꾸러미를 만들어 택배로 판매했다. 감자와 가지처럼 어느 정도 단단한 작물은 괜찮지만 토마토는 터지거나 무를 위험이 있고, 공심채나 고춧잎 등은 더위에 시들 가능성이 있어서 택배를 발송한 뒤 노심초사하게 된다. 농산물은 대개 신선식품류라 배송 과정을 미리 세심하게 체크해야 한다.

판매 초기에는 실수도 많이 했다. 완숙 토마토를 농산물용 종이박스에 담아서 보냈더니 80%가 터져서 도착했다. 놓는 방식이나 완충재를 잘 고민해서 아이스박스에 담아 보냈어야 했는데 경험이 부족해서 생긴 사고였다. 어떤 물건이든 택배 발송 후에는 한두 번 정도 확인 문자를 보내고 문제를 발견하면 고객이 전화하기 전에 먼저 연락을 취한다.

간혹 농부들 가운데는 고객이 이해해주기를 바라면서 문제를 슬쩍 눙치고 넘기려는 경우도 있는데, 이런 태도야말로 고객과의 신뢰를 깨는 것이다. 내가 보낸 농산물, 내가 보인 태도가 고객에게는 친환경 농산물과 친환경 농부의 기준이 될 수도 있다고 생각한다. 단지 돈을 받고 물건을 판다는 생각이 아니라 '좋은 농산물과 기분 좋은 경험'을 함께 나눈다는 것이 우리 농장의 판매 원칙이다. 일반 농산물보다 싼 가격은 아니지만 시골 인심이 느껴지도록 이것저것 조금씩이라도 덤을 넣어서 보내고, 요리법과 보관법 등을 적은 쪽지를 담거나 문자 메시지로 발송한다. 택배 박스를 열면서 기분이 좋아지고, 박스 저 너머에 사람이 있다는 걸 느낄 수 있도록 노력하는 중이다. 공장에서 생산된 수많은 공산품과 달리 사람의 손길이 느껴지는 농산물이 주는 각별함이 있다고 믿는다. 음식은 우리 몸에 필요한 칼로리를 제공할 뿐만 아니라 마음을 덥히는 체온을 전하기도 한다.

●

아이 하나를 키우는 데 마을 하나가 필요하다고 했다. 농사도 그렇다. 작물 하나를 키우는 데 우주의 지혜가 필요하다. 모두가 농사를 짓던 시절, 농사는 직업이라기보다는 삶의 방식 그 자체였을 것이다. 그래서 농부였던 우리 조상들은 다재다능했다. 반면 역사 이래 가장 풍요로운 시대를 살아가는 우리는 먹을거리도, 옷도, 필요한 물건 하나 혼자 힘으로 만들지 못한다. 별자리가 어떻게 변하는지, 바람의 방향이 어떤지, 물때가 언제인지도 전혀 모른다. 홀로 생존하는 데 필요한 기술을 거의 갖고 있지 않다.

그러고 보니 농사는 누구나 할 수 있지만 정작 누구나 잘할 수 있는 일은 아닐지도 모르겠다는 생각이 든다. 과연 나는, 농사에 적합한 인간일까? 우주의 지혜는커녕 농기구 하나 제대로 못 다루는 처지에. 농사를 통해 좀 더 지혜로운 인간이 되어가는 중이라고, 아직 멀었지만 차츰 가까워지는 중이라고 스스로 위안 삼아본다.

농사 공부는
어떻게
하나요?

작물의 습성과 농사의 때를 아는 건 농부의 기본이다. 농사의 때는 농협이나 농업기술센터에서 나눠주는 달력을 보면 대략 알 수 있지만, 나처럼 아직 초보티를 못 벗은 농부는 옆 농가에서 무엇을 하는지 유심히 본다.

●

전통적인 농사 공부법은 '이웃 농가 따라 하기'다. 남들 감자 심을 때 감자 심고, 고구마 심을 때 고구마 심으면 된다. 하지만 따라 하더라도 한 번은 가서 손을 보태며, 고수 농부들의 노하우를 배워오는 것이 좋다. 수십 년간 그 자리에서 농사를 지은 분들의 얘기이니 이보다 좋은 가르침이 없다. 우리도 강화도로 이사한 초기에 농사를 이렇게 배웠다. 그때는 전업농이 아니라 텃밭 농사 수준이었지만 주위 어르신들이야말로 우리에게 농사의 기초부터 자잘한 노하우까지 많은 걸 가르쳐 주신 선생님들이다.

씨감자는 눈을 중심으로 쪼갠 뒤, 짚을 태운 재에 한 번 굴려서 심는다는 것
고구마 줄기를 심을 때는 땅에 수직으로 심는 게 아니라 옆으로 비스듬하게 뉘어 심어야 뿌리가 잘 내린다는 것
옥수수는 조금 자란 뒤 북을 충분히 주어야 한다는 것
콩은 더 이상 웃자라지 않도록 생장점을 낫으로 쳐주어야 한다는 것
수박이 달리면 땅에 닿아 썩지 않도록 짚을 깔아줘야 한다는 것
가지와 고추와 토마토는 곁순을 따줘야 한다는 것
고추의 방아다리는 꼭 따줘야 한다는 것

다만, 처음부터 친환경 농사를 짓겠다고 결심한 터라 이런저런 농약을 줘야 한다, 이 비료를 얼마나 줘야 한다, 하는

조언은 그저 네네 하고 흘렸다. 유기농 기사 자격증을 가진 남편은 이런 이야기들도 잘 들어두었다가 추비로 줘야 한다는 비료의 성분을 확인하고 친환경 퇴비로 바꿔서 뿌릴 줄 안다.

고수들의 이야기는 하나도 허투루 버릴 것이 없다. 절기에 따른 기본 농사법은 차이가 없지만 농부마다 하는 방식은 모두 제각각이다. 어제 뒷집 농부에게 배운대로 하고 있으면 오늘은 앞집 농부가 와서 '그거 그렇게 하는 거 아니다'라며 자신의 방법을 알려주곤 한다. 100명의 농부가 있으면 농사법도 100가지다. 그러니 여러 농부의 이야기와 노하우를 두루 듣고 자신만의 농사 방법을 찾아내야 한다. 공부도 해야 하고 일기예보도 매일 봐야 한다. 요즘은 기후변화 때문에 고수들도 종종 실패를 경험한다. 2021년 4월, 따뜻해지는 평년 기온 덕에 일찍 고추 모종을 노지에 내다 심은 농가는 4월 중순에서 하순으로 넘어가는 사이에 한파 피해를 입어 다시 심어야 했다. 병충해 공부도 해야 하는데, 해마다 유행하는 병이 조금씩 달라진다. 어떨 때는 외래종들이 들어와 농사를 망치는 경우도 있다.

시대에 따른 변화일까, 요즘은 농부들도 유튜브로 공부한다. 웬만한 건 다 있다는 유튜브에 농사법이라고 없을까. 나는 유튜브 취향이 아니어서 필요한 게 있어도 영상보다는 텍스트로 된 자료를 선호하는 편이지만, 남편은 유튜브를 곧잘 본다. 작년 겨울에는 유튜브 영상을 몇 개 보더니 가스통을 개조해서 '거꾸로 난로'란 걸 만들었다. 뭔가 만들어야 할 때는 영상을 보는 편이 이해하기도 쉽고 따라하기도 쉬운 것 같다. 이웃 농장의 청년농부 역시 유튜브로 새로운 농사법을 배우고 따라 한다. 친환경 약제인 '자닭오일'도 만들고, 블록으로 틀밭도 만들고, 천연방제액도 만든다. 옆에서 보면 '오~ 저런 것도 있구나' 싶은 신기한 것들도 있다.

나도 가끔은 유튜브에서 농사와 관련된 콘텐츠를 검색해 보곤 하는데 텃밭 농사를 시작하는 초보 농부라면 유튜브는 꽤 좋은 선생님이다. 따라 하기 쉽고 조금 실수한다고 해서 큰 문제도 없다. 하지만 전업농부가 목표라면 처음부터 유튜브만 봐서는 곤란하다. 기본을 쌓은 뒤에 유튜브의 좋은 아이디어를 참고하는 정도가 적당한 듯싶다. 인터넷과 유튜브에서 배운 방법과 동네 어르신들이 가르쳐주는 방법에도 차이가 있다. 이럴 때 나는 동네 분들의 의견을 따르는 편이다. 또 중부 이남과 중부 이북의 농사법과 시기가 꽤 차이가 나서 인터넷이나 유튜브로 공부할 때는 이런 점을 감안해야 한다. 강화도는 좀 추운 편이라 강원도나 고랭지, 파주 쪽과 농사 시기가 엇비슷하다. 농사는 농사짓는 땅의 위치와 미기후(한정된 좁은 지역의 기후)가 중요하기 때문에 내게 맞는 방법을 찾는 것이 필요하다.

●

친환경 농부는 공부를 더욱 열심히 해야 한다. 관행농은 데이터가 많이 쌓여 있고, 이웃 농가나 농업기술센터, 농약상의 도움을 받는 것이 어렵지 않다. 하지만 친환경 농사는 상대적으로 농가 수가 적고 데이터도 별로 없다. 필요한 자재를 구하는 데도 애를 먹는다. 자료를 뒤지면 어떤 농약을 어떤 비율로 희석해서 뿌리라는 얘기 천지다. 판매를 위해 적당한 크기와 무게, 좋은 모양으로 키워야 하는데 이것 역시 많은 노하우가 필요하다. 적기에 필요한 양분을 제공하여 넘치거나 부족하지 않도록 해야 한다. 농부들은 다 아는 비료의 3요소, N(질소), P(인), K(칼륨) 외에도 필요한 미량 요소가 많고, 작물의 성장 과정에 맞춰 제때 제공해야 한다. 관행농은 화학비료를 사용하지만 친환경 농사에서는 화학비료 대신 필요한 성분을 가진 퇴비나 천연물질을 구해서 사용한다. 적기를 놓치면 순식간에 그 많은 농작물이 판매할 수 없는 상태가 되기도 한다.

우리가 귀촌한 2006년에만 해도 친환경 농업 관련 정보들이 매우 부족해서 인터넷을 뒤지고 전라도 지역의 농가를 중심으로 한 친환경 농업 모임에 찾아가기도 했다. 남편이 유기농 기사 자격증 공부를 시작할 때도 제대로 된 교재가 없어서 애를 먹었다. 지금은 그때보다 훨씬 공부하기 쉽다. 친환경 농업 관련 교육도 꾸준히 늘고 있으며 인터넷이나 유튜브에도 적지 않은 정보가 있다. 체계적으로 공부하고자 한다면 유기농 기능사 준비를 해보는 것도 좋다. 혼자 하는 것보다는 가까이 있는 친환경 작목반이나 모임 등을 찾는 것이 시행착오를 줄여줄 것이다. 친환경 농사와 관련한 단행본들도 도움이 크게 된다. 친환경 농사의 기술뿐만 아니라 '철학'과 '가치'를 먼저 깨닫는 것이 중요하기 때문이다.

●

귀농귀촌이나 농사에 관심이 있다면 농업교육포털을 통해 강의를 들을 수 있다. 농업기술센터의 강의는 본격적인 귀농귀촌 준비 과정에서 듣게 된다. 특히 농업 관련 법규나

가공, 마케팅 등의 교육은 젊은 농부들이 많이 듣는 인기 강의들이다. 지역마다 강의 종류와 질이 천차만별이라 딱 잘라 말하기는 어렵지만 어쨌거나 초보 농부에게는 도움이 된다.

'농장 견학'도 중요한 공부법이다. 관심 있는 작물을 성공적으로 재배하고 있는 농가를 방문하면 많은 것을 보고 배울 수 있다. 농사야말로 백문이 불여일견이라, 직접 가서 그 농장의 흙과 사용하고 있는 시설과 도구, 퇴비와 방제법, 규모에 따른 관리 노하우를 한번에 보고 올 수 있다. 평소 궁금했던 것들을 고수에게 묻고 답을 들을 수 있으며 생각지도 못했던 꿀팁을 얻어오기도 한다. 어떤 자재를 쓰고 있는지 눈여겨봤다가 똑같은 걸 찾아 쓰기도 한다.

4장

풀과 함께, 친환경 농사

농사의 기본은
좋은 흙을
만드는 것

농부는 흙을 본다. 사람의 말보다 흙이 더 많은 것을 알려준다. 좋은 흙을 보면 절로 손이 간다. 한번 만져 본다. 너무 곱지도 너무 거칠지도 않은 적당한 입자, 너무 습하지도 너무 건조하지도 않은 적당한 수분감, 흙 속의 유기물과 미생물이 만들어내는 특유의 냄새. 좋은 돌을 발견한 석수처럼, 황홀한 풍경을 발견한 사진가처럼, 좋은 흙은 농부를 설레게 한다. 흙은 농부의 캔버스이자 배와 그물이며, 알파이자 오메가다.

흙은 더럽다고 알고 자랐다. 손과 옷에 묻으면 곧 씻어내야 할 오염물이었다. 그런데 농사를 지으면서 흙은 오염물이 아니라 식물을 기르는 양수이며, 지상의 온갖 생명을 품는 푹신한 이불이라는 것을 배웠다. 흙으로 생명을 빚었다는 오래된 이야기들은 생명의 근원이 무엇인지를 알려준다. 정녕 우리는 흙에서 와서 다시 흙으로 돌아간다. 나라는 존재가 출발한 생명의 근원으로 되돌아간다는 것, '흙으로 돌아간다'는 말은 얼마나 아름다운지!

●

도시인은 흙을 밟을 기회가 적다. 아스팔트와 보도블록, 대리석 바닥과 카펫을 밟고 살아간다. 학교 운동장에도 흙이 아닌 우레탄이 깔려 있다. 좋은 흙이 무엇인지 알 턱이 없다. 그래서인지 흙에 무엇이든 심기만 하면 다 자라는 줄 안다. 시골 텃밭에서는 무엇이든 쑥쑥 잘 자라지만 길옆 빈 땅에는 뭔가 열심히 심어도 잘 자라지 않는다. 식물이 잘 자라는 데는 다 이유가 있고, 대개는 흙의 차이다.

작물이 자라는 흙은 저마다의 '역사'를 갖고 있다. 역사가 없는 땅이란 이제 막 붉은 산흙(기름진 산의 겉흙이 아니라 크고 작은 돌이 잔뜩 섞인 산의 안쪽 흙)을 부어 놓은 땅이다. 우리 농장 역시 논을 밭으로 매립하면서 산흙을 받았다. 그런 척박한 흙에는 풀도 많이 나질 않는다. 흙에 별다른 양분이 없어서다. 이 땅에 볏짚과 톱밥, 골분과 퇴비와 미생물을 뿌리고 갈아엎는다. 1~2년 정도 풀이 자라도록 두기도 한다. 토양 비옥도를 높여주는 콩과 식물을 심는다. 잘 삭힌 소똥이나 돼지똥을 넣기도 한다. 풀을 베서 썩히고, 다시 풀이 나도록 둔다. 농사의 성패는 얼마나 좋은 흙을 만드느냐에 달렸다고 해도 과언이 아니다. 친환경 농사는 더욱 그렇다. 화학비료를 쓰지 않으므로 각종 유기물을 얼마나 잘 넣느냐가 중요하다. 흙의 역사는 이렇게 해마다 농사를 짓고 농사가 끝난 뒤 다시 퇴비를 넣는 과정을 되풀이하며 서서히 쌓여간다. 몇 대씩 대를 이어 농사를 지은 땅은 이제 막 매립한 땅에 비해 비옥하다. 시골 할머니 댁의 텃밭에서 무엇이든 잘 자라는 건 역사가 깊은 땅이기 때문이다.

●

시골살이를 시작하면 꿈꾸던 텃밭 농사에도 도전하게 된다. 풀이 별로 없는 땅에 '잘 됐다' 싶어 작물을 심으면 잘 자라지 않는다. 풀이 나지 않는 땅은 죽은 땅일 확률이 높다. 제초제를 해마다 뿌려서 축적된 땅이거나, 너무 척박해서 잡초마저 자라지 않는 땅이다. 좋은 땅일수록 금세 잡초로 뒤덮인다.

텃밭도 이럴진대 아예 작정하고 농사를 짓기 위해 땅을 사거나 빌린다면? 땅을 잘 보고 시작해야 한다. 논을 사서 밭으로 바꾼다면 농사짓기 적당한 흙을 받아야 할 테고, 밭을 구입한다면 물은 어디서 어떻게 구하는지 흙의 상태는 어떤지를 봐야 한다. 대개 농사 초보자가 빌릴 수 있는 땅은 기름진 땅이 아니다. 근처 농사꾼들이 좋은 땅을 마다할 리 없는데, 초보인 내 손에 그 땅이 돌아왔다면 십중팔구 농사짓기 어려운 땅이다. 초보 농부들이 농사에 실패하는 가장 큰 이유가 바로 '땅'을 제대로 이해하지 못하고 볼 줄도 모르기 때문이다.

우리도 전업농이 되기 전에 그런 경험을 여러 차례 했다. 노는 땅이 있는데 고구마 좀 심어 보면 어떻겠냐는 말에 혹해서 몇백 평 밭을 갈고 삽질하고 고랑을 만들고 고구마 순을 사다 심었다. 결과는? 땅이 너무 딱딱해서 고구마가 제대로 달리지 않았고 심지어 캐지도 못했다. 고구마는 물 빠짐이 좋은 사질 토양에서 잘 자라는데 땅이 딱딱하다는 것은 진흙 성분이 많다는 뜻이다. 작물마다 적합한 토양이 따로 있고 그걸 못 맞추면 농사가 잘되질 않는다. 그때는 잘 몰랐다.

얼마 전, 딸 친구가 우리 집에 놀러 왔다. 수육을 삶고, 농장에서 배추를 가져다가 노란 속으로 쌈을 싸 먹었다. 식탁 위에는 당연히 농사지어서 담은 김치가 올라왔다.

"친환경은 그냥 몸에 좋아서 먹는 건 줄 알았어요. 그런데 먹어보니 그게 중요한 게 아니라 맛있어요."

사실 그 말이 내 귀에는 조금 생소하게 들렸다. 친환경 농산물이 더 맛있는 건 너무 당연해서 생각해 본 적이 없었다. 곰곰이 생각해보니, 그럴 수도 있겠다 싶었다. 직접 요리를 하며 재료에 따라 음식의 맛이 달라지는 걸 구체적으로 경험해보지 않으면 모를 수도 있다.

나는 직접 농사를 짓고 수확해서 요리하기 때문에 재료에 좀 더 민감하고 까다로운 편이다. 우리 농장에서 키운 농산물은 마트에 예쁘게 진열된 농산물보다 거칠고 못생기고 작지만, 당연하게도 매우 신선하며 재료가 가진 단맛과 매운맛, 향이 강하다. 배추는 더 달고 아삭하며, 무 역시 더 단단하고 맵다. 루콜라는 약간 뻣뻣하지만 맵고 고소한 향이 코를 쏜다. 도라지는 더 쓸쓸하고 공심채는 더 아삭하다. 햇볕과 바람을 많이 받은 노지 작물은 때때로 억세게 느껴지는데, 그건 우리가 비닐하우스에서 재배한 부드럽고 연한 농산물을 많이 소비하고 있기 때문이기도 하다.

●

농산물의 맛과 향은 '흙'의 차이가 가장 크게 좌우한다. 친환경 농산물이 맛있는 이유는 더 좋은 흙에서 자라기 때문이다. 좋은 흙이란, 유기물질과 미생물이 풍부하고 공기 구멍이 많은 푹신한 흙이다. 오래된 숲에서 낙엽을 들추면 보이는 새카맣고 부슬부슬한 부엽토가 대표적이다. 친환경 농부들은 이런 흙을 만들기 위해 노력한다. 친환경 퇴비도 재배 작물이나 농지 특성에 맞춰 볏짚과 톱밥, 깻묵(참기름·들기름을 짜내고 남은 찌꺼기), 미강(왕겨를 벗겨내면 나오는 쌀의 눈), 녹비작물(말 그대로 녹색의 비료라는 뜻. 주로 질소 고정 작용을 하는 콩과 식물들을 키워서 썩힌다.), 커피박(커피 찌꺼기), 음식물쓰레기, 소똥, 돼지똥, 닭똥 같은 것들을 재료로 직접 만든다. 퇴비장에 직접 만든 퇴비가 쌓여 있어야 비로소 친환경 농부라 불릴 자격이 생기는 것이다.

이렇게 만든 좋은 땅에, 단위 면적당 적은 농산물을 키우니 작물은 더 많은 미량 요소들을 빨아들이며 단단하게 자란다. 친환경 작물이 맛있을 수밖에 없는 이유다. 친환경 농산물이 영양학적으로는 관행 농산물과 차이가 없다는 뉴스를 본 적 있는데, 그건 기준의 차이라고 본다. 5대 영양소만 따진다면 몰라도, 농산물은 그렇게 단순한 다섯 가지의 영양소만 갖고 있는 것이 아니다. 매우 다양한 미량 요소의 차이가 존재하고, 이 차이가 맛과 향을 포함한 미묘하고 복합적인 차별성을 만들어낸다.

보이지 않는
진짜 농사꾼,
미생물

"흙을 살려야 한다"는 말은 곧 흙 속의 미생물을 살려야 한다는 것과 같은 말이다. 미생물은 세균, 효모, 곰팡이처럼 눈에 보이지 않는 작은 생명체들이다. 미생물이라고 하면 뭔가 비위생적이고 몸에 해로울 것 같은 느낌을 주지만 실상은 정반대다. 우리는 미생물에 둘러싸여 살고 있으며, 미생물 없이는 생존할 수 없다. 동식물 모두 미생물이 없으면 필요한 미량 원소들을 체내로 흡수할 수 없다.

흙으로 돌아간다는 것은, 미생물에 의해 분해되어 흙 속으로 사라진다는 것이다. 버려져 쓸모없는 것들을 분해해 쓸 만한 것으로 만드는 것, 그것이 미생물이 하는 일이다. 만약 미생물이 없다면 지구는 순식간에 온갖 사체로 뒤덮일 것이다.

●

흙은 미생물의 집과 같다. 한 숟가락의 흙 속에는 수억 개의 미생물이 들어 있다. 한때 유용미생물(EM: Effective Micro-organisms)이 선풍적인 인기를 끌었다. EM은 일본의 히가 테루오 교수가 공생하는 유용 미생물을 배합하여 토양 개량과 병충해 방제 등에 활용하고자 만든 것이다. 효모, 유산균, 고초균, 광합성균 등의 미생물을 섞어서 배양한 것으로 흔히 EM 용액이라고 부른다. 악취 제거와 청소, 소독 등 여러모로 유용하게 사용되고 있으며 특히 축사에서는 EM 용액을 활용해 악취를 없애고 가축 배설물을 빠르게 발효시킨다.

10여 년 전에 남편이 EM 용액을 배양해서 동네 분들에게 나눠주고, 작물에도 뿌리곤 했는데, 요즘은 토착 미생물을 주로 사용한다. EM 용액의 장점도 대단히 많지만, 우리나라의 친환경 농업인들이 개발한 토착 미생물이 우리 땅에 훨씬 잘 맞기 때문이다. 우리 농장도 토착 미생물을 활용해 만든 흙살림의 균배양체를 매년 사용한다. 구입하는 방법 외에 직접 미생물을 배양하는 방법도 있다. 특히 대나무 숲의 부엽토에는 좋은 토착 미생물이 풍부해서 감자를 삶아 으깬 것, 또는 밥을 부엽토와 섞어서 미생물을 배양한다. 이렇게 배양한 미생물을 그대로, 또는 물에 희석해서 흙에 뿌리면 된다.

●

미생물은 친환경 농사에서 가장 중요한 자리를 차지한다. 식물의 뿌리와 공생관계를 이루어 미량 원소를 식물 뿌리가 흡수하도록 돕는 대신 식물에게 당류를 얻는다. 식물의 뿌리가 닿지 못하는 미세한 틈새로 양분을 끌어당기고, 식물의 뿌리를 보호하며, 더 멀리 뻗어나가 뿌리를 연장하는 것도 미생물의 역할이다. 흙 속의 유기물질을 분해해서 식물이 흡수할 수 있는 형태로 분해하는 것도 미생물이다. 미생물은 흙과 식물을 연결해주는 매개체이며 이 고리가 끊어지면 흙도, 식물도 죽어간다.

흙 속 미생물은 식물에게 도움이 되는 유용 미생물, 식물에 해를 입히는 유해 미생물, 그리고 이도 저도 아닌 다수의 중립적인 미생물로 구분해 볼 수 있다. 유용 미생물이 우세해지면 식물이 병충해 피해도 덜 입고 좋은 맛과 향의 결실을 보지만, 반대로 유해 미생물이 우세하면 이런저런 병이

끊이지 않고 작물도 볼품없어진다. 친환경 농부가 하는 일은 유용 미생물이 우점종이 되도록 돕는 것이다. 좋은 미생물 원균을 가져다가 배양해서 땅에 뿌리고, 미생물이 먹을 수 있는 유기물을 뿌리고, 적당한 온도와 습도를 만들어주는 것이다.

유용 미생물이 우점종이 되어 흙 속에서 충분히 번식하면 그만큼 작물이 흡수할 수 있는 양분의 양과 질이 높아진다. 뿌리도 더 튼튼해진다. 사람으로 따지면 면역력이 높은 건강한 몸을 갖게 되는 것이다. 그렇다고 해서 작물에 전혀 병충해가 안 생기는 건 아니다. 나방과 나비가 알을 낳고, 애벌레가 갉아먹고, 탄저병 같은 바이러스성 병이 생기기도 한다. 친환경으로 재배한 작물과 그렇지 않은 관행 작물을 비교해 보면 흙과 미생물의 역할을 짐작해볼 수 있다. 예를 들어 고추 탄저병이 유행일 때, 관행농가는 농약을 살포한다. 하지만 탄저병은 농약으로 잘 잡히지 않는다. 농약은 충해에는 효과가 좋지만, 바이러스에는 잘 듣지 않는 경향이 있다. 극초기에는 감염된 개체와 주위 작물을 뽑아내서 태우는데, 그래서 잡히면 다행이지만 한번 퍼지면 돌이키기 어렵다. 많은 경우 탄저병이 일단 발생하면 고추 농사는 그걸로 끝난다. 번지는 속도가 손쓸 겨를 없이 몹시 빠르다.

같은 시기 우리 농장에서 키우는 고추에도 탄저병이 생겼다. 관행농과 마찬가지로 감염된 고추를 뽑아낸다. 화학 농약을 뿌리는 대신 미생물과 목초액(나무를 태울 때 나오는 진득한 액체)을 희석해서 살포한다. 사실 탄저병에 즉각적으로 듣는 건 아니지만, 고추 자체의 면역력과 저항성을 높여주기 위해서다. 관행농과의 차이점은 이때부터 생기는데, 일단 번지는 속도가 현저히 더디다. 그리고 탄저병에 감염되었더라도 급격히 시들거나 마르는 것이 아니라 한 개체 안에 건강한 부분과 병든 부분이 공존하는 채로 버틴다. 덕분에 우리 농장의 경우 탄저병이 일부 온 상태에서도 수확이 가능했다. 아무튼 내 짧은 농사 경험으로도 친환경 작물의 '맷집'은 농약과 비료 먹고 자란 작물들과 급이 다르다는 것이다. 그리고 그 맷집이라는 건 다 흙의 힘, 흙 속 미생물의 힘에서 나온다.

●

제초제와 화학농약, 화학비료는 미생물로 연결된 생명의 순환 고리를 끊는 주요한 원인이다. 고구마나 감자 같은 구근 식물을 기를 때 토양살균제나 토양살충제를 사용하는데, 미생물에게는 치명적인 독약이다. 관행 농가들은 대개 감자나 고구마, 마늘, 양파 같은 구근 작물을 심기 전에 꼭 사용한다. 수확량 차이가 크기 때문이다. 가끔 "고구마에 무슨 농약을 쳐"라고 말씀하시면서 토양살충제 조금 뿌렸다는 어르신들이 계시다.

'어르신, 토양살충제가 농약이에요. 그것도 독성이 아주 강한'이라고 마음속으로만 말씀드리고 입 밖으로는 못 꺼냈다. 토양살충제나 살균제를 사용하지 않으면 움푹움푹 벌레가 먹은 감자 고구마가 많아진다. 심할 때는 절반 가까이 굼벵이 먹은 감자를 캔 적도 있다. 이런 감자는 상품성이 떨어져 판매할 수가 없다. 그리고 농약 없는 땅이라 두더지까지 활개를 쳐서 골치가 아팠다. 2019년에는 토란을 한 포대나 사다 심었는데 때가 지나도 싹이 안 올라오길래 살펴봤더니 두더지가 다 먹어 치웠더랬다. 아, 두더지란 녀석. 잡아야 하나 잠깐 망설이다가 일단 한 번은 용서해주기로 했다. 그리고 토란을 포기했다. 2022년 현재, 우리는 다시 토란을 심었다. 그새 늘어난 마을 고양이 때문인지 두더지가 잘 보이질 않아서다. 올해는 과연 토란을 수확할 수 있을까? 비록 풀에 치여 잘 보이지는 않지만 아무튼 잎을 내며 자랐으니 조금은 거둘 수 있을 것 같다.

최근에는 미생물을 죽이는 농약이 아니라 병충해를 방지하는 '미생물 농약'이 많이 개발되고 있다. 친환경 농부의 수고를 많이 덜어주는 고마운 약제들이다. 흔히 BT제제(Bacillus thuringiensis)라고 부른다. 미생물을 활용해 병해충을 막는 발상의 전환인 셈이다. 2021년에 고추 농사를 짓기 전에 하우스 안에 벌레가 많아서 '백강탄'이라는 친환경 미생물 제제를 사용했는데, 동충하초처럼 곤충에게 달라붙어 포자 번식한다. 보통 친환경 약제들은 미리미리 만들어두고 사용하는데, 급하게 필요할 때는 유기농 자재를 구입해서 사용하기도 한다. 요즘에는 선택할 수 있는 약제들이 많아져서 예전보다 친환경 농사를 짓기 한결 수월해졌다는 느낌이 든다.

하지만 친환경 약제를 사용하기 전에 다시 되짚어 봐야 할 것이 있다. 친환경 농사의 기본적인 원리 말이다. 좋은 흙, 다시 말해 미생물을 포함해 흙 속 생태계가 건강하면 병충해는 잘 발생하지 않으며, 식물이 가진 면역체계로 별도의 약제 없이 잘 이겨낼 수 있다는 것. 이것이 친환경 농사의 지향점이라는 사실 말이다. 눈앞의 벌레에 집중한 나머지 순환이라는 친환경 농사의 기본을 까먹지 말자. 이건 바로 나 자신에게 해주고 싶은 말이다. 벌레가 뚫어 놓은 숱한 구멍을 보다 보면 나도 모르게 '싹 다 죽이는 약 없나' 하는 생각이 슬그머니 들곤 하니까 말이다.

잡초 귀한 걸
알아야
한다

"친환경이고 뭐고 이게 농사짓는 거여? 완전히 풀밭이네."

"아니, 풀을 이렇게 키우면 어떡해. 이 풀씨 다 날아와서 우리 논둑에 떨어지는구먼."

우리 농장엔 풀이 참 많다. 얼마나 많은가 하면 농장의 절반 이상이 풀로 뒤덮이곤 한다. 자랑은 아니다. 하지만 크게 부끄러울 것도 없다. 풀을 키울 만해서 키우고 풀 덕분에 고마운 일도 많다. 풀 키운다고 지청구를 들은 게 한두 번도 아니어서 이제는 그냥 씩 웃고 만다. 네, 저희가 풀이 좀 많아요.

간혹 가까운 동네 어르신들은 안타까운 마음에 조언을 해주시기도 한다.

"제초제 뿌려! 요즘 나오는 건 몸에 그렇게 안 나쁘대. 풀 나는 데만 조금 뿌리는 건 괜찮아. 작물에다가 직접 뿌리는 것도 아니고."

그럴 때면 그저 예, 예 하고 대답한다. 아니면 저희는 친환경 인증받은 땅이라 제초제 뿌리면 큰일 나요, 라고 말하면 그냥 포기하신다. 풀이 무성하니 농사 제대로 안 짓는 것 같고 지저분해 보여서 일반 농가에서는 친환경 농사짓는다고 하면 고개를 절레절레한다.

●

풀과 잡초. 풀은 땅에 나는 일년생이나 다년생 초화 식물을 통칭하는 말이고 잡초는 인간의 관점에서 가치를 부여한 말이다. 잡초란 인간의 목적 이외의 것들로, 심은 작물 말고는 뭐든 잡초라 부를 수 있다. 흰민들레를 심어서 가꾸면 흰민들레 곁에 난 냉이가 잡초일 테고, 냉이를 기르면 곁에 난 흰민들레가 잡초가 된다. 농산물을 내다 팔아야 하는 농부 입장에서는 작물 곁에 딱 붙어서 땅속 양분을 채가는 잡초가 반가울 리 없다. 그냥 두면 수확량이 크게 줄고 심하면 아예 수확을 못 하게 되는 수도 있다. 친환경 농사라도 잡초 관리는 필요하다. 수확량이 줄뿐만 아니라 빽빽하게 난 풀 때문에 공기 순환이 잘 안 되고, 해충의 숙주가 되기도 해서다.

농부들이 가장 싫어하는 걸 투표에 부치면 아마도 '잡초'가 일등일 것이다. 농사를 짓는 한 잡초와의 다툼은 끝낼 수가 없다. 뽑아도 뽑아도 뒤돌아서면 또 난다. 제초제를 뿌린 땅에도 결국 풀이 다시 자란다. 비닐을 씌우고 제초매트도 깔지만 바늘 구멍만 있어도 뚫고 자라난다. 정말이지 풀들의 생명력은 놀라울 따름이다. 농부들은 풀이 '아주 징글징글하다'고 이야기한다. 맞는 말이다.

'어떤 땅이 좋은 땅이냐'라고 내게 묻는다면 여러 가지로 답할 수 있지만 일단 '풀이 나지 않는 땅은 죽은 땅'이라는 답부터 내놓을 것이다. 흙의 특성과 조건에 따라 풀은 많을 수도 적을 수도 있고 나는 풀의 종류도 제각각 다르지만, 풀이 하나도 나지 않는 건 특별한 경우를 제외하면 대개는 죽은 땅일 확률이 높다. 다른 식물의 발아와 성장을 억제하는 물질을 내뿜는 소나무 숲이라면 모를까.

●

친환경 농부는 풀이 고맙다. 풀이 한바탕 나고 자란 뒤 땅을 갈면 이전보다 훨씬 부드럽고 비옥해져 있다. 풀 자체가 비료가 되어주기도 하지만 그보다 중요한 건 풀들이 자라면서 뿌리를 내리고 그 뿌리가 흙 속에 공극(토양 입자 사이의 틈)을 만들어주기 때문이다. 풀들은 토양 미생물들이 자랄 수 있는 공간과 양분을 제공해준다. 뿌리와 지상부는 썩어서 퇴비가 된다. 녹비식물을 뿌려서 키우면 더 좋겠지만 그냥 풀만 키워도 자연스레 흙은 좋아진다. 풀의 지상부만 잘라서 그 자리에 뉘어두면 된다. 사람에게는 번거롭고 수고스럽지만 흙에는 매우 이롭다.

수확해야 하는 작물은 풀들로부터 어느 정도 보호해줘야 한다. 왕겨, 톱밥, 볏짚 같은 재료를 사용하는 천연 멀칭이 가장 좋다. 그러나 우리 농장은 아직 비닐멀칭과 제초매트를 사용하고 있다. 천연 재료 멀칭은 아직까지 비용과 노동력, 효율 면에서 주력으로 사용하기가 너무 어렵다. 사용이 편리하고 가격도 적정한 천연 멀칭 제품이 하루빨리 나오기를 기대하고 있다.

일반 농부들도 일부러 풀을 키우는 곳이 있는데, 바로 논둑이다. 풀뿌리가 엉켜 논둑의 흙이 무너지지 않도록 잡아주기 때문이다. 친환경 농부는 풀을 뽑아내기보다는 베어내는 편이다. 작물에 붙어서 나는 풀은 뽑아내지만 둑이나 길, 고랑의 풀들은 베어낸다. 뽑기에는 풀이 너무 많기도 하고 뽑아내도 예외 없이 그 자리에서 다시 자라기 때문이다. 요즘은 낫보다는 예초기라는 동력 기계로 풀을 벤다. 이렇게 베서 쌓아둔 풀은 '녹색비료'라는 뜻의 '녹비'로 부른다. '풀이 밉다'는 생각을 버리고 '풀을 다 없애겠다'는 불가능한 희망을 버리면 농사짓는 게 한결 편안하고 평화롭다. 풀 없이는 친환경 농사도 없다.

●

　시골길을 지나다 보면 가끔 풀 하나 없이 깨끗한 땅에 작물만 열을 맞춰 자라는 밭들이 있다. 사람의 힘만으로는 풀 하나 없이 관리하기란 매우 어렵다. 작은 규모의 텃밭 농사라면 모를까. 흙이 보이지 않을 정도로 멀칭한 상태가 아니라면 대개는 제초제를 사용한 곳이다. '정말 부지런한 농부'라는 인상을 주는데, 틀린 말은 아니다. 제초제도 부지런해야 구석구석 줄 수 있다. 하지만 나는 '죽은 땅이겠구나'라는 생각이 들어서 안타깝다. 제초제는 풀만 죽이는 것이 아니다. 토양미생물과 근처의 벌레와 작은 동물들까지 몽땅 죽인다. 흙 안에 살아있는 것이 없으니 죽은 땅이다. 그런 작물을 사서 먹는 사람들도 걱정이지만 가장 걱정되는 것은 제초제를 주는 농부 그 자신이다. 제초제는 농약 가운데서도 독성이 강한 편이어서 지속적으로 사용하는 농부에게 축적

될 가능성이 높다. 연세 드신 어르신들이 농약을 치는 걸 보면 그 생각이 가장 먼저 든다. 아, 몸에 아주 안 좋을 텐데.

그동안의 농사는 어떤 비료와 농약을 어떻게 사용하느냐는 것을 중심으로 돌아갔다. 지금도 농업기술센터에서 하는 교육 내용의 절반은 그 얘기다. 이런 병에는 이런 약을 사용하세요, 비료는 언제 어떤 걸 얼마나 사용하시면 됩니다, 요즘 농약은 좋아져서 출하하기 며칠 전에 뿌리면 다 없어져요, 이런 얘기들. 뿌리는 농부에 대한 걱정이 별로 없다. 고령의 농부들은 다른 방법을 모르고, 들어도 따라하기가 어렵거나 귀찮아서 예전 방식대로 농사를 짓는다. 비료도, 농약도 많이 주면 좋은 걸로 안다. 친환경 농부인 우리는 그게 안타깝고, 관행농이신 어르신들은 풀만 키우는 우리를 안타까워하고……. 웃을 수도 울 수도 없는 현실이다.

●

"풀 귀한 줄을 알아야 한다." 요즘 내 좌우명이다. 풀이 많아야 흙도 사람도, 다른 생명체들도 건강하게 살아갈 수 있다. 농장 곳곳에서 자라는 풀들, 그 덕분에 지렁이와 개구리와 뱀과 새가 살아간다. 친환경 농부 역시 풀들 덕분에 더 맛있는 농산물을 수확한다. 풀과 싸우기보다는 더불어 살아간다는 마음이 필요하다. 제초제를 뿌리면 일시적으로 깨끗해 보이지만 다음에 나는 풀은 더 질기고 **빽빽**하게, 땅에 딱 붙어 자란다. 관리하기가 더욱 어려워진다. 기왕이면 연하고 보드랍고 아름다운 풀, 잡초지만 아름다운 풀, 잡초같이 잘 자라는 야생초를 키우는 것이 어떨까 싶다. 풀과 싸우면 농부는 무조건 진다. 풀은 싸움의 대상의 아니라 친환경 농사의 동료다.

씨앗을
거둔다는 것의
의미

밥 한 공기에 쌀알이 몇 개나 들어 있을까? 직접 세어보진 않았지만 찾아보니 2천 개에서 8천 개까지 숫자가 다 달랐다. 품종에 따라 쌀알의 크기가 다르고, 밥그릇의 크기도 다 다를 테니 그럴 만도 하다. 밀가루 역시 밀의 씨앗에서 얻으니, 우리는 씨앗으로 먹고산다고 해도 과장은 아닐 것이다. 씨앗은 그 자체로 식물을 품은 생명이면서, 다른 생명을 먹여 살리는 소중한 존재다.

6~700년을 산 마을 입구의 느티나무도, 담벼락에 딱 붙어 자라는 댑싸리도, 농부를 몸서리치게 하는 바랭이도 전부 한 알의 씨앗 속에 들어 있다. 매년 농사를 지어도 그 작

은 씨앗이 어디선가 흙을 밀어 올리고 머리를 드는 걸 보면 신비롭다. 태어나는 모든 아기가 경이로운 것처럼.

●

농부는 씨앗이 깨어나는 그 순간을 사랑한다. 씨앗을 준비해 밭에 뿌리고 흙을 덮은 다음, 물을 뿌리고 기다린다. 사나흘만 기다리면 싹이 트는 것도 있고 일주일, 열흘 이상 기다려야 하는 씨앗도 있다. 그러면 식물을 씨앗부터 키워본 사람이라면 누구나 아는, 바로 그 순간이 찾아온다. 돈이 되는 식물이든 흔해 빠진 텃밭 식물이든, 너무 많아서 내다 버린 씨앗이든 마찬가지다. 곧 잡초라고 뽑혀 나갈 쑥과 제비꽃도 아름다운 순간이다.

농사를 마칠 때가 되면 농부는 다시 씨앗을 거두어들인다. 그해 농사로 얻은 결실 가운데 가장 좋은 것을 골라내어 내년 농사를 위한 종자로 남겨둔다. 서리태 중에서도 흠 없고 가장 크고 윤기 나는 것만 한 알 한 알 따로 골라낸다. 쭉정이는 버리고 자잘한 것은 먹고, 적당한 건 판다. 가장 좋은 건 역시나 종자로 남긴다. 삽질을 하던 그 굵고 거친 손가락으로 작은 종자를 고르고 있는 이웃의 나이 지긋한 농부를 보면 경외감이 든다. 농부는 무엇을 하는 사람인가, 생각하지 않을 수 없다. 씨앗을 뿌리고 다시 거두는 자이며, 거친 흙 속에서 연하고 다디단 생명을 꺼내는 연금술사와 같다.

하지만 농부와 씨앗의 이런 낭만적인 관계는 예전 같지 않다. 옛말에 '농부는 굶어 죽어도 씨앗은 베고 죽는다'고 했지만 요즘 농부는 몇 가지 작물 외에는 씨앗을 거두지 않는다. 씨앗은 농자재마트에서 사거나 농업기술센터에서 보급하는 걸 받아서 쓴다. 씨앗 파종하는 것도 번거로워서 모종을 사다 심는 농부도 많다. 그럴 수 있다. 농사일이 많고 사람 손은 부족하니, 그렇게라도 시간과 노동력을 줄이려는 것이다. 나도 씨앗 사다 심고, 가끔 모종도 사다가 심는다.

●

다음 해 농사지을 씨앗 받는 걸 채종이라고 하는데, 그게 좀 어렵고 번거롭다. 사실 농부들이 채종을 하지 않게 된 건 바쁘거나 게을러서가 아니다. 농업의 구조가 변화했기 때문이다. 더 많은 수확량, 병충해에 더 강한 품종이 개발되면서 종자 자체에 로열티가 붙기 시작했다. 이런 특허 종자들은 직접 채종해서 다음 해에 뿌리면 수확량이나 품질이 급격히 떨어지도록 설계되어 있다. 그게 아니어도 로열티를 내지 않고 재배하면 불법이어서 판매가 불가능하다. 즉, 매년 종자를 새로 사들여야 한다는 뜻이다.

이제 종자는 농부의 손을 떠나 다국적 기업의 것이 되었다. 농사가 잘되지 않으면 '종잣값도 안 나온다'고 푸념하는데, 그만큼 종자가 비싼 것도 사실이다. 금 1g 가격이 4만 원대인데, 신품종 토마토나 파프리카 종자는 1g에 10만 원이 넘는다. 2021년에 내병성 고추 씨앗을 사다가 파종했는데, 그것 역시 1,200립 한 봉지에 10만 원이 훌쩍 넘었다.

65조 원 이상의 규모를 가진 세계 종자 시장은 미국, 중국, 인도, 브라질 등 6개국의 회사가 독점하고 있고 우리나라의 점유율은 1% 안팎에 불과하다. 농가는 울며 겨자 먹기로 종자를 구입해서 사용한다. 문제는 농가가 감수해야 할 손해 정도가 아니다. 우리 땅에서 나고 자라는 토종 종자를 다 잃고 나면, 꼼짝없이 외국 기업의 손에 우리 식량이 좌지우지될 수 있다는 사실이다. 국내 종자회사들의 기술개발은 물론 토종 종자를 지키기 위한 농민들의 노력도 꾸준히 이어지고 있다. 농촌 구석구석을 찾아다니며 남아 있는 토종 종자를 찾아내고, 이 종자로 농사를 짓고, 다른 농가에 보급하는 방식이다.

우리 농장도 2021년에 토종 종자 몇 가지를 얻어다가 재배했다. 뿔시금치, 보리, 배추 같은 것인데, 판매 목적이라기보다는 가족이 먹을 요량으로 키웠다. 토종 종자들의 특징은 우리 기후와 땅에 잘 맞기 때문에 노지 재배에 적당하고, 병충해에도 강하다는 것이다. 대신 크기가 작고 조금 질기거나 단단하거나 하는 식감의 차이는 존재한다. 무게로 판매하는 농산물의 특성상, 농가에서 선호하는 품종은 크기가 크고 무거운 것들이다. 당연한 얘기지만 토종 종자로 키운 작물은 다시 씨앗을 받아 뿌리면 내년에도 똑같은 작물을 수확할 수 있다.

●

고백하건대, 채종은 귀찮다. 손이 많이 가는 성가신 일이다. 보통 푸성귀들은 꽃망울을 맺기 전에 수확하는데, 채종하려면 잘 자란 작물 몇 그루를 정해서 수확하지 않고 키운다. 꽃이 피고 씨앗이 맺힐 때까지 기다렸다가 꽃대를 잘라낸다. 털어낸 씨앗은 쭉정이와 부스러기를 잘 골라낸 뒤 봉투에 담아 건조하고 어두운 곳, 또는 냉장고나 저온저장고에 보관한다. 씨앗을 목초액에 잠깐 담가서 소독한 뒤 다시 말려 보관하기도 한다.

우리 농장은 도라지가 주 작물이어서 이것만큼은 자가 채종을 한다. 아직 씨방에 푸른 기운이 조금 남아 있을 때 꽃대를 잘라서 바짝 말린 다음 털어 보관했다가 다음 해 4월 묘상을 만들고 직파해서 키운다. 쪽파와 마늘 역시 수확하면서 알이 굵고 좋은 걸 골라 씨앗으로 남긴다. 잘 털고 말려서 양파망에 넣어 걸어두었다가 김장 채소를 심을 때 함께 심는다.

몇 날 며칠의 수고를 다 해 거둔 씨앗들이지만, 만약 구입한다면? 4~5만 원 안쪽이다. 시간=돈인 도시인의 사고로는 구입하는 편이 낫다. 그 시간에 다른 아르바이트를 하는 편이 경제적으로는 더 이득이니까. 하지만 채종은 농부에게 한 해 농사를 마무리하고 다음 해 농사를 준비하는 의식과도 같다. 친환경 농부는 더 그렇다. 자가채종이야말로 가장 확실하게 친환경 종자를 준비하는 방법이다. 유럽에서는 유기농 인증을 받으려면 반드시 유기 종자를 사용해야 하는데, 우리나라는 아직 친환경 종자가 체계적으로 관리되고 있지 않아서 구하기가 어렵다. 원예종 식물들도 일일이 채종해서 보관하는데, 발아율이 너무 들쑥날쑥하다. 종자와 채종에 관해서는 아직 공부해야 할 것이 많다.

●

채종한 씨앗을 모종으로 키우는 것도 만만치 않은 기술

이 필요하다. 무, 배추, 갓, 상추, 시금치 같은 푸성귀는 밭에 직파로 뿌리는 경우가 많지만 토마토나 고추, 오이 같은 작물의 경우 모종을 길러서 밭에 다시 심기를 한다. 그래서 씨앗과 모종, 두 가지 형태로 구입 가능한데, 고수들은 종자를 구입해서 직접 모종을 내는 경우가 많다. 왜냐하면 필요한 모종의 수도 많고 모종을 기르는 단계가 이후 작물의 성장에 큰 영향을 미치기 때문이다.

보통 텃밭 농사를 짓는 사람들은 모종 가게에 가서 키가 훌쩍 자란 모종을 사다 심지만, 농부는 키를 보는 것이 아니라 첫 잎이 난 마디가 어디인지를 먼저 본다. 모종이 웃자라지 않았는지 확인하는 것이다. 친환경 농장의 경우는 일반 모종을 사다 심지 않는다. 친환경 종자, 친환경 모종을 별도로 구입해야 한다. 별도의 친환경 종자를 구할 수 없는 경우에만 예외가 적용되는데, 이때 만약 소독이 된 씨앗이라면 코팅해 놓은 약제를 물에 담가 완전히 씻어낸 뒤에 사용한다. 모종을 친환경으로 구해야 하는 이유는 모종을 기를 때도 화학농약과 비료를 적잖이 사용하기 때문이다. 사실 우리 농장에서도 친환경 모종을 구하기 어려워서 직접 기르곤 한다.

비닐하우스 안에 다시 비닐로 터널을 만들고, 춥지 않도록 땅 위와 공기 중에 난방을 한다. 저녁이면 보온재와 비닐을 겹겹이 덮어둔다. 작은 트레이에 육묘용 상토를 붓고, 그 위에 씨앗을 한 알씩 떨군다. 온습도계를 걸어두고 일주일 정도 잘 돌보면 싹이 트기 시작한다. 본잎이 4장 정도 올라오면 성장에 필요한 약간의 퇴비 성분을 섞어 조금 더 큰 트레이로 옮겨서 키운다. 보통 2월 중순이면 고추 육묘를 시작해서 모종을 잘 키운 뒤 4월 중순 이후 노지나 비닐하우스에 다시 심기를 한다. 친환경 육묘는 화학농약과 비료 없이 키우는데, 유기농 자재로 등록된 제품이나 자가 제조한 친환경 약제와 퇴비, 미량 원소 등을 소량 뿌려준다. 친환경 농사의 기본이 그렇듯이, 크게 키우기보다는 환경에 잘 적응할 수 있도록 작고 단단하게 키우는 것이 목표다.

●

간혹 나도 채종과 파종, 육묘가 너무 귀찮아서 그냥 모종 사다가 심자고 한다. 이거 팔 거 아니고 나 먹을 건데, 수백 개씩 든 씨앗 사다 뿌리기 귀찮다고.

그런데 이상하게도 직접 파종해서 키운 것보다 사다 심은 게 더 잘 죽는다. 애정이 부족해서 그런가? 어쩌면 그 어린 모종들이 여기저기 육묘상과 사람 손과 차를 전전하느

1
6
2

라 지쳐서 그런 건지도 모르겠다. 그래서 초짜 농부 주제에, 농사는 아직 쥐뿔도 모르면서, '육묘를 해야 진짜 농부지'라는 수상쩍은 의지를 갖게 되었다.

매년 2월이면 제법 농사 좀 짓는 남편과 함께 육묘장을 만들고 눈이 빠져라 핀셋을 들고 파종을 하곤 한다. 2022년 2월에는 이 책의 원고를 한창 쓰는 와중이라 고추 파종시기를 살짝 놓치고 말았다. 덕분에 친환경 유기묘를 판매하는 곳에서 고추 모종을 사다 심었다. 사실 10만 원 넘는 종자를 사서 육묘하는 것보다 필요한 400주의 모종을 사다 심는 게 시간과 돈을 절약해준다. 현실이 이렇다 보니 친환경 농사의 당위성과 효율성, 두 가지를 놓고 고민하지 않을 수 없다.

무농약? 유기농?
친환경 농사의
속사정

'친환경'이라고 불리는 농산물 안에는 여러 가지 계층이 존재한다. 법적으로 구분되어 있는 건 '무농약, 유기농' 인증 두 가지다. 그리고 그사이엔 '유기전환기'가 존재하는데, 작물을 판매할 때는 '무농약'으로 표기하게 되어 있다. 예전에는 친환경 인증 방식과 관리가 부실한 측면이 있어서 '무늬만 친환경'인 경우도 많았다. 하지만 최근에는 '유기농' 인증을 받으려면 5년 이상의 준비와 과정이 필요하다. 무농약과 유기전환기 모두 화학농약과 제초제는 절대 사용할 수 없으며 화학비료의 경우에도 무농약은 표준시비량의 1/3 이하, 유기전환기부터는 그마저도 전혀 사용하지 않아야 한다. 그냥 안 쓰면 되는 거 아닌가? 하는 생각이 들 수도 있지만 아무것도 안 하는 땅에서는 유의미한 수확을 하기가 어렵다. 땅이 가진 양분을 식물이 끌어다 쓰고, 농부는 그만큼의 양분을 다시 땅으로 돌려줘야 한다. 그 양분을 화학비료로 하느냐, 자가 퇴비로 하느냐 하는 점이 큰 차이를 만든다.

2010년 이전에는 저농약, 무농약, 유기전환기, 유기의 4단계로 구분되어 있었는데, 2010년 이후 저농약은 친환경에서 제외되었고, 유기전환기는 무농약으로 표기하도록 변경되었다. 2006년 이후에는 'GAP' 인증 제도가 새로 시행되고 있는데, 표기가 비슷한 느낌이라 소비자들이 친환경 인증의 하나로 알고 있는 경우도 많다. GAP 인증은 농산물의 생산부터 판매까지 여러 가지 위해요소를 종합 관리해서 안전성을 확보한다는 의미의 '농산물우수관리제도'다. 즉 농약이나 비료를 사용하더라도 안전한 수준으로 관리한다는 의미다.

우리나라의 유기농 인증 제도는 해를 거듭할수록 까다로워지고 있다. 유럽 인증 기준에 차츰 가까워지는 추세다. 우리 농장은 땅을 구입한 이래 지금까지 한 번도 농약이나 비료를 사용하지 않았지만, 유기 인증을 받는 데까지 5년의 시간이 걸린다. 2023년 6월이면 유기 인증이 나올 예정이다. 규정된 시간을 채워야 하기 때문이다.

간혹, 농약과 비료를 사용하지 않은 '유기농'이라고 판매하는 경우가 있는데, 엄밀하게 말하면 법규 위반이다. 유기농이라는 표현은 인증을 받아야만 사용이 가능하기 때문이다. 또 직거래로만 판매하거나 규모가 작아서 인증을 받지 않는 경우도 있다. 몇십만 원의 인증 비용과 더불어 까다로운 절차를 밟아야 하기 때문이다. 이런 상황에도 유기농이라는 표현은 사용할 수 없다. 유기 인증에 꽤 긴 시간이 필요한 이유는 이전에 사용했던(사용했든 안 했든) 농약과 비료 성분이 그 땅에서 빠져나가고 친환경적인 방법으로 흙을 되살리는 데 소요되는 최소한의 기간을 계산한 것이다. 유기농 인증은 한번 받으면 끝나는 게 아니라 매년 필요한 검사를 하고 인증 유지에 필요한 사항을 점검하기 때문에 늘 신경을 써야 한다.

친환경 농사 가운데서도 '무멀칭, 무경운'(땅을 갈아엎지 않는 농사 방식) 방식으로 탄소 발생과 자연의 훼손을 줄인 '자연농법'을 하는 농부들도 있다. 자연이 스스로 만들어내는 퇴비(낙엽, 풀 등) 외에는 인공적인 퇴비를 사용하지 않는 '무투입'을 선택하는 경우도 있다. 풀을 키워 그 풀로 퇴비를 만들고 땅을 갈아엎는 대신 땅속 미생물과 생태계가 토지를 비옥하게 유지하도록 한다. 아직은 생산량이 적고, 제대로 된 땅을 만드는 데까지 시간이 오래 걸리는 편이라 매우 소수의 농부만 자연농법을 하고 있다.

●

소비자들은 '무농약'과 '유기농'의 차이에 덜 민감한 편이지만 친환경 농사를 짓는 농부 입장에서는 차이가 꽤 크다. 특히 무농약 인증 농산물의 경우에는 유기농으로의 전환을 염두에 두고 화학농약은 물론 화학비료를 사용하지 않는 경우(이 전환 과정을 유기전환기라고 부르며 작물의 종류에 따라 1~3년 정도의 기간을 거친다)도 있고, 무농약 인증만 받고 화학비료는 그대로 사용하는 경우도 있다.

화학비료는 괜찮을까? 농약만큼은 아니지만 잠재적이고 지속적인 폐해가 있다. 농촌의 수질이 나빠진 것은 질소질 비료를 너무 많이 사용해서다. 질소질 비료는 농가에서 가장 흔하게 사용하는데, 작물을 빠르게 성장시키고 부피와 무게도 쉽게 늘어나서 수확량을 크게 늘려준다. 하지만 흙 자체는 메마르고 단단해질 뿐만 아니라 남은 질소질이 수로로 흘러들어 물을 오염시킨다. 질소 비료로 키운 작물은 연하고 내병성도 떨어져서 그만큼 약도 많이 쳐야 한다. 화학비료 역시 일정 수준 이상 사용하면 생태계에 해로운 영향을 미친다.

●

　일반농과 친환경 농부 사이에는 보이지 않는 벽이 존재한다. 서로를 못마땅해하는 지점들이 여럿 있다. 일반농은 친환경 농부를 보며 돈도 제대로 못 벌고 풀만 키운다, 농약과 화학비료가 그렇게 나쁜 거면 사용을 못 하게 했겠지, 우린 법에서 허용한 만큼만 쓰고 있으니 문제가 없다, 그런데 친환경 농사짓는답시고 잘난 척한다. 대충 이런 느낌일 것이다. 반대로 친환경 농부들은 일반농들이 농약과 비료의 표준량을 초과해서 너무 많이 사용한다, 친환경이라고 하면 일단 색안경부터 끼고 본다는 점 등이 불만이다.

　농부들 사이에도 이런 긴장감이 존재할 뿐만 아니라 관공서나 유통업체, 학자들 사이에도 친환경과 일반농을 둘러싼 팽팽한 긴장감이 있다. 또 친환경 농부들 사이에서도 '자연농'이냐, 아니냐를 두고 신경전이 있다. 생태계와 환경을 위한 최고의 명분은 자연농이 갖고 있기 때문이다. 그렇지만 친환경 농부들은 일반 농부들과의 관계에 신경을 쓸 수밖에 없다. 따지고 보면 비료와 농약 사용을 제외하면 농사법에는 크게 차이가 없기 때문이다. 충분히 함께 농사지으며 같은 농부로서 유대감을 유지할 수 있다.

●

몇 년 전에 '친환경 농산물에는 기생충이 많다'는 식의 기사가 난 적이 있다. 농약을 치지 않기 때문에 오히려 기생충에 감염될 수 있다는 이야기였다. 기생충은 주로 인분이나 축분 때문에 생기는데 퇴비로 잘 발효시키면 없어진다. 유기농 기준으로 보면 2년 이상 완전 부숙 퇴비를 사용해야 한다. 농업기술센터에서 퇴비 부숙도 검사를 받아야 출하 가능하기 때문에 축분에서 기생충이 나오는 건 불가능에 가깝다.

'친환경 농산물이 영양학적으로 우수하지는 않다'는 기사도 꾸준히 나오고 있다. '친환경 농사의 적은 생산량이 오히려 지구 환경에 나쁘다'는 이야기도 있다. 친환경 농사가 무조건 좋은 것만은 아닐 것이다. 생산량이 떨어지는 것도 사실이다. 친환경 농사가 일반농들에게는 자신을 비난하는 것처럼 느껴져서 불편할 수도 있다. 이해한다. 기생충이나 벌레의 오염이 더 문제인지 화학농약이 더 문제인지는 관점에 따라 서로 다르겠지만 예전에는 친환경 농산물에 대한 다소 악의적인 느낌의 기사나 칼럼들을 볼 수 있었다. 하지만 지금처럼 농약과 비료를 사용해가며 생태계를 지속적으로 파괴하는 방식의 농사도 정답은 아닐 터이다. 친환경 농사를 짓는 사람들이 있어야 일반 농가에서 손쉽게 따라 할 수 있는 친환경 자재와 농법들이 늘어날 테고, 생산량도 서서히 올라갈 것이다. 적당한 수준이 되면 모든 농부가 친환경 농부가 될 수도 있을 것이다.

●

　나와 남편은 일반 농가의 농부들을 존경한다. 그들이 아니었다면 우리가 그동안 어떻게 먹고살았을까. 그분들이 친환경 농사를 하지 않는다고 서운한 마음이나 원망하는 마음, 무시하는 마음 같은 건 전혀 없다. 오히려 배울 점이 많다고 생각한다. 그저 우리 같은 젊은 농부들이 친환경 농사를 짓고, 그래서 일반농보다 더 나은 품질과 더 많은 생산량을 낼 수 있다면 친환경 농사를 선택하는 사람들이 조금씩 더 많아지지 않을까 하는 희망을 갖고 있다. 우리에게 친환경 농사란 미래를 준비하는 방식이다.

5장

농사지어 먹고산다는 것

부농의 꿈,
정말
가능할까?

이웃 청년농부가 키우는 고양이들 중 한 마리 이름이 '부농'
이다. '분홍'이 아니라. '부농이 되는 게 꿈이라' 이름을 그렇
게 지었다고 깔깔 웃었다. 하지만 돌아와 생각해보면 입이
좀 쓰다. 안타깝게도 도시 사람들이 생각하는 '부농'과 농부
인 우리가 생각하는 '부농'은 수준이 다르다.

딱 정해진 바는 없지만 '부자 농부' 소리 좀 들으려면 연
매출 1억 원 정도는 가뿐하게 넘어야 한다. 다른 산업 분야
나 도시 기준으로 보면 1억 원이란 기준은 상대적으로 낮다
고 볼 수 있다. 부자 농부의 기준만 살펴봐도 농사의 경제성
을 짐작할 수 있을 정도다. 또 매출만 봐서는 곤란하다. 시설

투자비가 수익을 웃도는 경우도 적지 않기 때문이다. 1억 원의 시설 투자를 한 뒤 1억 원의 연 매출을 올렸다면 그해 실제로 농부가 번 돈은 거의 없다. 시설비 외에 기타 인건비와 재료비 등이 추가로 들어갔을 테니, 농부는 그해 수익이 마이너스일 것이다. 시설 투자비는 대개 정부 보조와 자비, 대출 등으로 충당하는데 향후 몇 년간 지속적인 수익이 나야 대출받은 금액을 상환하고 감가상각비, 유지보수비 등을 감당할 수 있다.

농업 분야에서 한 해 매출이 2~3억 원이라며 매스컴에 나오지만 사실 그 정도 매출은 장사가 잘되는 작은 매장에서도 가능하지 않은가? 순수익도 아니고 매출인데. 사람들이 종종 오해하는 것 중 하나가 농사에는 들어가는 비용이 거의 없다고 생각하는 것이다. 가까운 지인들도 그렇게 말씀하시길래 농사에 들어가는 비용을 정리해봤다.

친환경 유박과 균배양체 구입, 종자 또는 모종 구입비, 추비로 사용할 유기농 자재, 자가퇴비 재료 구입비, 방제용 친환경 약제와 재료 구입비, 관주를 위한 호스 및 추가 자재, 지주대와 유인줄과 고정핀, 고정끈, 집게, 벌레끈끈이 등 농자재 구입비, 비닐과 제초매트 등 멀칭 자재, 트럭 및 농기계용 휘발유 주유비, 농사용 저온저장고 및 건조기 사용에 따른 전기세, 판매용 아이스박스, 종이박스, 끈, 봉투 구입비, 기타 시설 유지보수에 들어가는 비용(펌프 교체, 스프링클러 교체, 파이프 교체 등), 농작업 인건비, 작업 중 식대 및 음료수, 간식 구입비 등등이다.

●

그렇다. 농사짓는 데도 돈이 들어간다. 농사로 얻는 적은 수입에 비교하면 지출이 적지 않다. 10kg짜리 씨감자 2박스를 4만 원에 사다 심었는데, 농사가 잘되어서 200kg 정도 수확했다고 쳐 보자. 못생기고 벌레 먹고 너무 크거나 작은 것 빼면 170kg쯤 팔 수 있을 것이다. 감자 10kg 시중 가격이 만 원에서 만오천 원이고, 무농약 인증 감자라서 난 2만 원에 팔았다고 치자. 배송비도 별도로 받고. 다 팔아봐야 34만 원인데, 들어간 돈은 종잣값 4만 원에 멀칭하느라 들어간 돈, 감자 심기 전에 뿌린 퇴비 값, 박스값이랑 다 하면 6~7만 원 정도가 빠진다. 그런 다음 두 사람 하루치 일당을 계산해서 16만 원을 빼면? 10만 원도 안 남는다. 이것도 직거래로 계산했을 때고, 공판장으로 내보내면 박스당 수익은 몇천 원 꼴로 떨어진다.

감자 농사짓느라 사용한 시간은 아무리 짧게 잡아도 2~3

일 치인데, 따져 보면 농부 자신은 최저 시급에 훨씬 못 미치는 돈을 번 셈이다. 그 힘든 육체노동을 하고도. 이건 그나마 수확이 좋았을 때 계산이고, 씨감자 20kg 심어서 100kg 이하로 수확하면 정말 종잣값도 안 나온다.

"인건비 생각하면 농사 못 짓지."

이제 막 전업농부의 세계에 발을 들인 내게, 선배 농부들의 이 한 마디는 기운을 쭉 빼놓는다. 인건비조차 건질 수 없다면, 아무리 의미가 있고 좋아하는 직업이라 해도 '지속 가능'하지 않다는 의미다. 농사도 규모가 되어야 돈을 벌 수 있다. 중소농들은 단위당 수익이 낮은 작물로는 아무리 노력해도 수익을 내기가 어렵다.

농업 분야 가운데서 가장 소득이 높은 건 축산이다. 나처럼 흙에서 푸성귀를 키우는 농부들과는 차원이 다르다. 필요한 면적, 시설비, 투자비가 억대를 훌쩍 넘긴다. 일반 농가가 구멍가게라면 축산 농가는 중소기업 수준이다. 따라서 소득 수준 역시 매우 다르다. 시골에서 돈 좀 벌었다는 사람 중에 축산하는 사람이 열에 여덟아홉은 된다.

법적으로는 '축산농가'라고 해서 농업으로 분류되지만 사실 농사와 축산은 전혀 다른 분야다. 다만 시골에 함께 존재하며 넓은 농지를 이용한다는 점에서 묶어 놓은 것 같다.

우리는 축산은 빼고 생각하기로 하자.

●

　작물을 재배하는 농사 가운데, 가장 돈이 되는 건 뭘까? 농촌진흥청이 발표한 자료에 따르면 2017년부터 2020년까지 4년간 가장 안정적으로 고수익을 낸 작물은 시설재배 딸기였다. 소득이 가장 높은 작물은 오이(촉성-인위적으로 온습도를 조절해서 겨울, 봄에 출하하는 경우)였으며 시설재배 포도(비싼 샤인머스캣 재배량이 늘어난 영향으로)와 토마토(반촉성-주출하 시기를 약간 비껴 출하하는 경우)의 소득도 큰 폭으로 올랐다. 대체로 작물 전환이 쉽지 않은 벼, 과수 등은 소득 수준을 일정하게 유지하는 편이다. 소득의 등락이 가장 큰 것은 노지 재배 채소류다. 매년 생산량과 가격, 날씨와 기상 등의 외부 요인에 큰 영향을 받기 때문에 가격이 크게 출렁인다.

　대체로 시설재배 쪽이 소득이 높고 안정적이다. 비닐하우스, 이중 비닐하우스의 시설에 더해 재배 작물에 맞는 다양한 시설과 장비가 들어가야 노동력을 절감하고 안정적인 수확이 가능해지기 때문이다. 벼나 감자, 고구마 같은 대표적인 노지 재배 작물들은 노동력이 적게 들어가는 대신 단위당 수익이 낮아서 일정 규모 이상이 되어야 한다.

'농업' 분야에 포함이 되지 않지만 1차 농산물 생산과 연계된 산업 분야를 눈여겨봐야 한다. 생산한 작물을 가공하는 식품제조업 분야, 체험활동과 교육 등을 포함하는 서비스 분야가 대표적이다. 농업 분야에서 6차산업이란 말을 종종 듣게 되는데, 1차 농업+2차 농산물 가공+3차 서비스를 합쳐서 부르는 말이다. 이 세 가지를 결합하는 방식은 특히나 중소농들에게 가능성 있는 분야다. 중소농이 성공적으로 자리잡는 대표적인 사례들이 여기서 나오고 있다.

●

어떻게 해야 성공하는지 내가 구체적으로 도움을 줄 수 있는 처지는 아니다. 아직 성공의 경험을 얻지 못했기 때문이다. 나 역시 이 분야로 진출하기 위해 모색과 실험을 거듭하는 중이다. 말이 쉽지, 하려고 보면 넘어야 할 산이 많다. 자본금이 없는 상태에서는 더욱 그렇다. 농산물 가공은 허가를 위해 적절한 시설이 필요한데, 개인이 마련하기에는 돈이 많이 들고 어렵다. 중소농이라면 지역의 농업기술센터나 영농조합의 시설을 공동 이용하는 방법이 최선이다. 체험 및 교육 농장 역시 필요한 시설을 마련해야 하고, 자격증이나 교육 이수도 필요하고, 적절한 프로그램과 커리큘럼을 만들어야 한다. 최소한 2~3년 이상의 준비가 필요하다. 도시에 프랜차이즈 식당 오픈하는 것과 많이 달라서 필요한 것들을 준비하는 과정에서 도움을 받을 곳도 거의 없다.

그럼에도 불구하고, 이 분야는 성장의 여지가 충분하다. 농촌의 고령화를 생각해보면 새로운 방식의 농업 분야에 뛰어들 사람이 많지 않다. 인프라도 부족하고 시간도 제법 걸리는 어려운 일이지만, 비교적 경쟁이 심하지 않아서 제대로 진입하기만 한다면 안정적인 수익을 거두는 것이 가능할 거라고 예상한다.

내 목표는 '지속 가능한 전업농부'다. 돈은 지속 가능할 만큼만 있으면 된다. 굳이 불필요한 부를 축적하기 위해 애쓸 필요는 없다. 그러는 사이 몸과 마음이 피폐해지기 때문이다. 흙도, 사람도, 동물도 쥐어짜내지 않고 평화롭게 공존하는 생태공동체를 만들 수 있으면 좋겠다. 하지만 그렇기 때문에 나는 한동안 경제적 안정에 필요한 일들에 골몰할 예정이다. 경제적 안정이야말로 모든 귀농인의 가장 중요한 과제이며 나 역시 그러하다.

많이 버는 것보다
일단은
적게 쓰기

우리는 너무 많이 소유하고 너무 많이 소비하고 있다. 일 년에 한두 번 입을동말동한 옷들, 마찬가지로 몇 번 신지 않은 유행 지난 신발, 시간과 노력을 아껴준다고 해서 사들인 고가의 가전제품들, 언제 쓸지 모르지만 필요할 것 같은 물건들. 나 역시 그런 물건들에 둘러싸여 살고 있다. 영원히 꺼지지 않는 지옥 불처럼 내 안의 소비 욕망은 비밀스럽게 타오르는 중이다. 아, 나도 식기세척기, 아, 나도 에어프라이어, 아, 나도 스타일러, 아, 나도 건조기. 갖고 싶다, 갖고 싶다고 살살 달아오른다. 설거지할 거 얼마나 된다고. 오븐 있으면 됐지. 빨래는 햇볕에 말려야지. 가끔 채 꺼지지 않은 불씨 탓에 '당근'에서 예쁜 그릇 싸게 구했다고 기뻐하다가 결국 후회하고 커피 머신도 재당근해야겠다고 투덜거리는 중이다.

우리 집 남자는 공구를 사들이고, 나는 살림살이에 욕심을 내지만 꼭 필요한 것이 아니면 새것을 덜컥 사는 일은 많지 않다. 웬만하면 있는 걸 고쳐 쓰거나, 중고를 구해서 사용한다. 살 돈이 없어서라기보다는(라고 쓰지만 가끔 진짜 살 돈이 없어서이기도 한) 소비를 줄이는 것이야말로 지속 가능한 미래를 위한 중대한 미덕이기 때문이다. 적은 수입으로 먹고 살아야 하는 농부에게 '절약'은 몸에 배야 하는 습관이고, 물건을 오래 쓰는 것이야말로 바람직한 환경 실천이기도 해서다. 가끔은 낭패도 본다. 남이 안 쓰고 버린 데는 다 이유가 있는 건데, 재활용해보려다 괜히 쓰레기만 이리저리 움직인 꼴이 되기도 한다. 그냥 돈 주고 사면 될 것을, 이러려고 농부 되었나 자괴감 드는 순간들이 없다면 거짓말이다.

농사를 지어서 얼마나 돈이 없으면 저 궁상인가 싶겠지만 그 정도는 아니다. 사실 농사 말고 다른 일로 버는 돈이 좀 있고, 마음만 먹으면 농사 안 짓고 아예 그 다른 일로 먹고살 수도 있다. 하지만 내 꿈은 지속 가능한 농부로 사는 것이고 어찌됐든 절약은 꼭 필요한 습관이다. 아직은 농사로 충분한 수익을 내지 못하고 있기도 하고, 환경에도 매우 도움이 되는 생활방식이니, 가능한 소비와 지출을 줄여보기로 한다. 단, 식비는 예외로 한다. 농부는 밥을 많이 먹어야 하니까.

●

사실 많이 벌면 버는 만큼 지출도 늘어나고, 적게 벌면 또 거기 맞춰 지출을 줄이게 되어 있다. 퇴사할 때 연봉이 7천만 원이 넘었지만 그때도 살림살이가 빠듯했고, 연봉이 2천만 원이 채 되지 않는 농부가 된 지금도 역시 그렇다. 물론 그사이에 교육비 지출이 사라졌다. 소소한 사정이야 일일이 설명하기 어렵지만 적게 벌면 적게 쓰게 된다. 교육비 외에 무엇이 줄었나, 곰곰이 생각해보면 '편리함'과 '시간', '꾸미기'이다. 먹는 건 줄이기가 쉽지 않으므로 일단 입을 옷 사는 걸 줄이게 된다. 농부의 작업복이란 것은 편하고 질기고 더러움을 잘 타지 않으면 된다. 내가 가장 즐겨 입는 작업복은 딸의 중고등학교 때 체육복이다. 외출복은 대개 옷장에 그대로 걸려 있다가 한 달에 한두 번 입을동말동이어서 오래도록 살 일이 없다. 화장품도 잘 안 사게 되었고, 미용실도 덜 간다. 예전에는 미용실에서 하던 염색을 이젠 집에서 내 손으로 하고 있다. 구두는 신을 일이 일 년에 몇 번 안 되고, 대개는 운동화나 작업화, 장화, 슬리퍼를 신고 지낸다.

옛날 같았으면 분명 택시를 탔을 거리인데도 웬만하면 걷는다. 2~30분 걷는 건 시골에선 가까운 거리다. 외식도 급격하게 줄었다. 사실 '외식'은 맛있는 걸 먹겠다는 의미도 있지만 요리하는 시간과 노력을 돈과 바꾸는 것과 같다. 농번기에 정말 바쁘고 고단한 기간을 제외하면 외식은 한 달에 한두 번 정도 한다. 외식할 돈이면 재료를 사다가 직접 요리해 먹는 편이 더 맛있고 푸짐하다. 우리 가족은 외식보다는 집에서 함께 요리해서 먹는 걸 좋아한다. 요즘은 아들딸도 제법 요리를 하기 때문에 나 혼자만 분주한 것도 아니라 더 할만하다. '치킨'만 빼곤 집에서 하는 게 대개는 더 맛있다.

•

대단한 결심이 없어도 시골 살면서 농사짓다 보면 자연스럽게 씀씀이가 줄어든다. 그럼에도 불구하고 사람이 살아가는 데는 돈이 제법 필요하다. 건강보험, 국민연금, 전기·수도·가스요금도 내야 하고, 차량 유지비와 식비, 주거 관련 비용과 각종 보험도 들어간다. 경조사비, 문화생활비도 조금 있어야 한다. 이 돈을 농사로 벌기가 이렇게 힘들다니! 식당이나 편의점에서 파트타임으로 일하는 편이 낫겠다 싶을 때도 있지만 친환경 농사는 돈만 벌자고 하는 게 아니다.

친환경 농사를 지으면서 농사뿐만 아니라 일상에서도 보다 친환경적인 삶의 방식을 고민하게 되었다. 최근에는 환경운동과 동물보호운동의 연장선으로 귀농귀촌을 실행하는 젊은 친구들이 늘어나고 있는데, 나는 반대로 움직인 셈이다. 남편이 만날 하는 말 중에 "농사만 친환경이면 뭐 하나, 사는 게 친환경이어야지"가 있다. 또 그 소리냐고 핀잔을 주지만, 따질 필요도 없이 맞는 말이다. 적게 지출한다는 것은 그만큼 덜 사들이고, 덜 버린다는 뜻이다. 농사만 친환경이 아니라 생활 전체를 친환경적으로 바꿔가는 것이다.

부족한 게 많지만 조금씩 노력하는 중이다. 가능하면 외식이나 인스턴트 음식보다는 직접 요리해 먹고 도시락을 싸는 것, 새것보다는 쓸 만한 헌것을 찾아 쓰는 것, 비닐이나 아이스팩, 아이스박스는 가능한 재활용하고 택배 완충재는 꼭 필요한 경우가 아니면 신문지를 사용하는 것, 플리마켓에 나가게 되면 비닐봉지가 아니라 종이봉투에 담아 파는 것 같은 소소한 실천들이다. 여름이면 플라스틱 커피컵이 수북하게 쌓이는데, 잘 모아뒀다가 모종을 옮겨심을 때 사용하곤 한다. 물론 아예 플라스틱 컵에 담은 커피를 사 먹지 않는 게 더 좋지만 그게 항상 뜻대로 되진 않는다.

“우리 집은 가전제품의 무덤이잖아요. 죽기 전엔 절대 못 나간다!”

아들딸과 깔깔거리면서 하는 이야기다. 일단 구입한 가전제품은 너무 오래되어서 도저히 사용할 수 없는 수준이 될 때까지 사용한다. 10년 넘은 가전제품이 태반이고, 냉장고는 20년이 넘었다. 다만 에어컨은 전기세 때문에 재작년에 에너지효율 1등급으로 바꿨다. 친환경 제품을 사는 것도 좋지만 그것보다 중요한 건 한번 산 물건은 최대한 오래도록 사용하는 것이다. 가전제품만 그런 것이 아니라 장롱도, 그릇도, 소소한 가구들도, 플라스틱 바가지 하나도 쓸 만한 건 버리지 않는다. 사실 20년쯤 되니 유행도 지나고 어딘가 조금씩 망가지고 부서져서 쓰기 좋은 건 아니지만, 멀쩡한 물건을 버리는 건 죄의식이 든다.

낡은 시골 집이라도 있으니 됐고, 농사지을 땅이 있으니 족하다. 자녀들도 성인이 되었으니 앞으로 사는 데 큰돈이 필요할 것 같진 않다. 입학금을 제외한 대학교 학비와 결혼 비용은 애초부터 아이들에게 해줄 수 없을 것 같으니 알아서 마련해야 한다고 누누이 얘기해 둔 바다. 전액 장학금으로 학교에 다니는 딸이 제가 장학금 못 받았으면 어떻게 하셨을 것 같아요, 하고 묻길래 글쎄, 휴학해야 하지 않았을까 라고 대답했더니 아, 알아서 학교 다니란 말 진심이셨네요 라는 반응. "밥은 줄게"가 나의 대답이다. 돈은 못 대줘도 따 뜻한 밥상은 차려줄 수 있다. 이 정도면 충분하지 않은가?

●

적게 벌어서 적게 쓰기는 '자급자족'을 위한 워밍업이다. 자급자족은 오래전부터 내 화두 중 하나였다. 경제적인 면 에서의 자급자족뿐만 아니라, 생활에 필요한 것들을 사들이 는 대신 직접 만들거나 길러서 쓰고 싶다는 것이다. 완벽한 자급자족이 불가능하다는 건 잘 알고 있다. '자급자족'이 새 마을운동 시대의 구호처럼 들릴 수도 있지만 곱씹어 볼수 록 아름다운 말이다.

무해한 인생, 누구에게도 무엇에게도 크게 해를 끼치지 않고 흔적 없이 사라지는 삶을 위해 필요한 미덕이다. 아무 것도 남기지 않는 삶은 기후 위기의 시대를 살아가는 기성 세대의 제일 덕목이 되어야 한다. 미래 세대에게 '환경 재앙' 이라는 빚을 떠넘기지 않고 우리가 살아가는 지구를 크게 더럽히지 않고 마치 존재하지 않았던 듯 사라지는 것이야 말로 아름다운 삶의 방식이 아닐까 한다.

변화하는 농촌에서
농부로
살아남겠다는 꿈

강화도처럼 수도권과 가까운 곳은 절대 농지라고 해도 예외 없이 부동산 투기 대상이다. 지역에 따라 차이가 있지만 우리나라의 땅값은 '부동산 불패론'과 함께 꾸준히 상승해왔다. 지대 상승이 농사에서 얻는 수익을 상회하면 그곳은 더 이상 우리가 알고 있는 농촌이 아니다. 농사는 취미생활이 될 수밖에 없다. 다들 어디 땅값이 얼마나 올랐는지, 어디에 투자하면 좋을지, 어디가 관리지역(절대농지에서 이용이 가능한 땅으로 변경되는 것으로 땅값이 급격히 상승한다)으로 풀릴지에만 관심을 갖는다.

흔히 얘기하는 '시골 인심'은 부동산 투기 때문에 사라졌다고 믿는다. 부동산 투기 바람이 불면 외지인들이 고급 승용차를 끌고 좁디좁은 시골길을 구석구석 돌아다닌다. 어디는 평당 20만 원에 팔렸다고 하고, 또 어디는 평당 40만 원을 받았다는 소문이 돈다. 명절 아니면 보기 힘들었던 아들딸들이 찾아와서 땅을 팔라고도 하고 돈이 필요하다고도 이야기한다. 문중 땅이라 그저 묵혔던 땅을 누가 팔아서 챙겼다더라는 소문, 형제끼리 다퉜다는 소문이 줄줄이 돈다. 온 마을 사람들, 시골을 찾아온 모든 사람, 만나는 거의 모든 사람이 땅값 이야기를 한다.

3천 평 농사지어봐야 한 해 2~3천만 원 벌기도 빠듯한 마당에 평당 7~8만 원 하던 논이 20만 원으로 뛰었다고 생각해보라. 차액이 3억6천만 원 이상이다. 이러니 농사지을 생각이 들겠나. 부동산 투기 바람이 한번 휩쓸고 지나가면 '그깟 농사'가 된다. 한 뼘의 땅 때문에 의 좋던 이웃과 형제가 등을 돌린다. 강화도에 20년 가까이 살면서 두 번의 부동산 투기 바람이 불었는데, 그때마다 인심이 나빠졌다. 농부의 얼굴이 부동산 투기업자의 얼굴과 닮아가는 걸 봤다. 부동산 투기 바람이 지나가고 나면 몇 년 뒤엔 논밭에 건물이 들어서기 시작한다. 더 이상 농지가 아니다. 원주민의 땅을 사들인 외지인들은 땅에 투자한 돈을 회수하기 위해 개발 행위를 시작한다. 현지인들은 땅값이 올라서 제법 좋은 가격으로 팔았다고 생각했지만 그 땅을 사들인 외지인들은 땅값을 다시 몇 배로 올려놓는다. 이런 패턴이 계속해서 반복되는 것이다. 결국 농지는 점차 사라지고, 농사를 잘 짓겠다는 농부도 사라진다.

우리 부부 역시 농장을 갖고 있고, 땅값 상승의 덕을 본 것도 사실이다. 하지만 투기로 인해 땅값이 오르는 것이 아니라 농촌의 인프라가 확충되고 농사가 도전해볼 만한 직업이 되고, 그래서 많은 사람이 농촌으로 이주하는 탓에 서서히 도시 지가 상승을 흡수하는 방식이면 참 좋겠다.

●

지역마다 다르지만, 농촌이라고 해서 농부만 사는 건 아니다. 농촌이라고 분류되는 군, 면 단위에는 농부보다 자영업자가 더 많다. 강화도에도 전업농이 많지 않다. 2020년 통계를 기준으로 보면 강화군 전체 인구 7만 명 중 농업 인구는 1만5천 명에 못 미친다. 채 20%가 되지 않는 숫자다. 수도권과 가까운 관광지인 탓도 있다. 힘든 농사일보다 펜션, 카페와 식당, 건재상, 마트 등 소규모 점포를 운영하는 편이 수익이 훨씬 낫기 때문이다. 인천이나 김포, 서울 등지로 출퇴근하며 직장생활을 하는 사람들도 적지 않다. 전업농이라고 해도 정말 '딱 농사만 짓는' 경우보다는 다른 부업을 갖고 있는 사람들이 많다. 농사지으면서 설비나 하우스 시설 등을 지으러 다니거나 주말에 식당 서빙 아르바이트를 하거나 농한기에 공장에 일시적으로 취업하는 방식으로 부족한 생활비를 메꾼다.

한창 교육비가 들어가는 청소년 자녀를 둔 농가에서는 흔한 일이다. 젊은 사람들이 농사로 먹고살기 어려운 이유는 대개 자녀 교육 때문이기도 하다. '먹고사는' 데는 큰돈이 안 들어도 '아이 키우고 가르치기'에는 제법 돈이 든다. 이 돈만큼은 아낄 수 있는 것이 아니라 필요한 만큼 더 벌어야 하는 문제가 된다.

어린 자녀를 둔 귀농인이라면 이 문제에 대한 대책을 갖고 있어야 한다. 필요한 만큼의 경제적 기반을 확보해야 하고, 교육 방식은 물론 자녀의 진로와 관계된 경우의 수도 어느 정도 고민해봐야 한다. 어릴 때 자녀들과 시골로 이사했다가 청소년기가 되면 도로 도시로 나가는 경우도 많은데, 이런 고민과 대안이 마련되어 있지 않았기 때문이다. 부모님이나 가까운 친지가 이미 터를 잡고 있는 곳으로 귀농하는 경우가 아니라면 전업농으로 자립하는 데까지 꽤 시간이 소요된다. 그리고 농사로 충분한 수입이 나올 때까지 생계비가 있어야 한다. 청년창업농 사업은 3년에 걸쳐 생활비를 지원해주는데, 이게 없으면 농사를 시작하기가 어렵다. 농사만 지어서 먹고살 수 있으면 좋으련만, 실제로 이게 어려우니 다른 일거리를 찾게 되고, 그러다 보면 전업농이 아닌 게 되어버리는 서글픈 현실이다.

●

전업농이 적은 것도 문제지만 더 심각한 건 농촌의 고령화다. 60대는 노인회관에 발도 못 들이는 '청년'이고 70대도 노인회관에선 막내급이다. 통계청이 발표한 2021년 농가 인구 구성을 보면 70대 이상이 29.4%, 60대는 27.8%, 50대는 18.1% 순이었으며, 6~70대 인구를 합치면 57.2%다. 사정이 이렇다 보니 농촌의 모든 것이 노인 위주로 돌아간다. 농촌의 더딘 변화와 쇠락의 가장 중요한 이유가 이것이다.

세계에서 가장 앞서가는 전자정부 시스템을 갖추고 있는 대한민국이지만 농촌에서는 맥을 못 춘다. 7~80대 노인들은 꼭 관공서를 찾아가서 대면으로 일을 처리해야 하고, 이메일 대신 종이 우편물을 받아야 하기 때문에 행정처리 속도와 방식이 거기 맞춰져 있다. 젊은 사람들에게는 답답하게 느껴질 수밖에 없다. 읍사무소에 가면 귀가 어두운 어르신에게 쩌렁쩌렁하게 이것저것 물어보며 서류를 대신 작성하는 공무원을 자주 보게 된다.

반대로 농촌에서는 젊다는 이유 하나만으로도 촉망받는 동네 인재가 되기도 한다. 싹싹한 동네 청년 한 명만 있으면 인터넷으로 처리해야 하는 일들, 복잡하고 어려운 관공서의 일들을 물어볼 수 있으니 어르신들이 매우 좋아할 수밖에. 농기계도 좀 다룰 줄 알고 공구 좀 만질 줄 알면 일약 동네 스타가 될 수 있다. 물론, 이것저것 부탁하고 물어보시는 통에 귀찮기도 하겠지만 시골이야말로 공짜가 없다. 도움을 받았으면 돈은 아닐지언정 텃밭의 대파라도 뽑아오신다. 이것저것 하도 가져다주시는 통에 다시 남들에게 나눠주어야 할 정도로. 주고받는 것이 몸에 배어서 혹여 주는 걸 안 받으면 몹시 서운해하시기 때문에 일단은 넙죽 받아둔다. 아이들 학교 때문에 읍내 주택가로 이사한 뒤론 그런 정겨움을 느낄 일이 많이 줄었지만, 아이들 어릴 적 살던 마을에서는 집에 가면 파 한 단, 김치전 두 장이 사람 없는 집 문 앞에 놓여 있곤 했다.

농촌에는 청년농부가 절실하다. 그러나 기존 농촌의 문화에 적응하고 마을 주민들과 어울려 지내는 일이 생각처럼 쉽지는 않다. 청년농부가 정착할 수 있도록 마을 사람들과 관공서가 돕고, 청년농부는 사업을 확장해가며 마을 사람들과 그 성과를 공유하는 방식이 가장 이상적일 것이다. 청년농부는 농사뿐만 아니라 다양한 방면으로의 사업적 확장을 고민하고 필요한 마케팅 활동을 할 수 있다면 더 좋을 것이다. 고령화된 농촌에는 그 일을 할 만한 사람들이 없다. 간신히 전통적인 방식의 농사를 유지하고 있을 뿐이다.

하지만 현실은 매우 달라서 청년농부들이 '나만의' 사업적 성취를 목표로 하고, 마을 공동체는 틈을 내어주지 않거나 오히려 시기 질투하는 경우도 많다. 농촌 마을 단위의 국책 지원사업들이 많았고, 지금도 적지 않다. 하지만 성공을 거둔 사례는 매우 적다. 체험마을을 조성한다고 해서 억대의 체험시설을 지었지만 막상 관리할 사람이 없다거나 생각처럼 관광객이 찾지 않아 시설이 놀고 있다거나, 그것도 아니면 돈이 좀 된다 싶으니까 동네 사람들끼리 다퉈서 척을 지고 민심이 흉흉해졌다거나 하는 얘기가 들린다. 서로의 이익이 충돌하는 지점에서 좋은 해결책을 찾지 못한 탓이다. 이것 역시 열정적인 마을 청년 몇 명만 있으면 얘기가 달라진다. 나는 이런 도돌이표처럼 반복되는 문제들이 청년 세대가 없는 탓이라고 생각한다.

그렇다고 청년농부만 있으면 다 될 거라 생각하는 바보는 아니다. 다만 노인들만 모여 있는 농촌에는 도통 변화가 생기질 않는다. 오히려 외지인들이 들어오고 젊은 농부가 하나둘 생기면 자연스럽게 변화의 바람이 분다. 고집 센 시골 어르신들과 다툴 일도 생기지만 '그래도 농사짓는' 농부에게는 연대감이 있다. 몇 해 농사짓는 걸 보면 웬만한 고집 쟁이들도 마음이 누그러진다. 그렇게 시골 마을에도 뭔가 변화의 바람이 불면 좋겠다는 개인적 바람이 있다.

⬤

우리도 강화도에서 젊은 농부 축에 들어간다. 낯가리는 나와 달리 남편은 동네 사람들은 물론 강화도 전역에 두루두루 아는 사람이 많다. 나이 차이가 스무 살 이상 나는 어르신들에게 '형님 형님' 하며 스스럼없이 잘 지내는 편이다. 간혹 트랙터도 빌리고, 빠진 트랙터 꺼내러도 와주고, 고추 모종 남는다고 갖다주시기도 하고, 고구마순 남았다고 주시기도 한다. 병충해가 오면 어떻게 할 건지 오가며 상의도 한다.

옛날처럼 품앗이해가며 농사를 같이 짓는 건 아니지만 필요할 때 돕는다. 물론 한계도 있다. 유기농 인증을 목표로 한 친환경 농장이다 보니 병충해 방제 방법이 다르고 그 지점에 관해서는 서로 참견하지 않는다. 몇 년이고 풀밭인 채로 농사를 지었더니 처음에 한두 번 말씀하시던 어르신들도 이제는 그러려니 하신다. "풀만 기르는 것 같던데, 팔 건 나오냐"고 가끔 걱정을 해주셔서 고마운 마음이다.

우리 부부에게 목표가 있다면 교육을 위한 체험형 농장을 만드는 것이다. 친환경 텃밭을 제대로 가꾸기 위해 필요한 교육과 실습 등을 제공하는 것이 목표다. 좋은 수익 모델을 제시한다면 다른 농부들도 관행에서 친환경 농사로의 전환을 보다 긍정적으로 검토하게 될 것이다. 사업이 잘되어 마을 사업으로 확대할 수 있으면 더욱 좋다. 농촌에는 일자리가 매우 귀한데, 체험 농장을 통해 마을 주민들에게 양질의 일자리를 만들어 낼 수도 있다. 지역 농산물 판매에도 도움이 될 것이다. 하지만 현실은 어리바리 '초보 농부'와 오지랖 넓은 '친환경 농부' 부부가 천 평 농장에서 풀 베느라 허덕이고 있는 중이다. 언제 그날이 올까, 언젠가 오겠지, 올 때까지 열심히 해야지. 느긋한 농부의 마음으로 살아간다.

독이 든 성배?
농업 관련
지원사업

농부는 알려져 있는 것처럼 각종 지원금 혜택을 받는다. 농산물을 판매할 때도 세금을 내지 않는 면세 사업자다. 농업회사법인은 법인세가 없다. 농기계를 살 때도 지원금이 나온다. 고추건조기, 고추세척기, 관리기, 트랙터 같은 걸 구입하면 대개는 50% 이상의 지원금을 받게 된다. 즉 절반 가격으로 산다는 얘기다. 농사지을 땅을 살 때도 이런저런 제도를 활용하면 2%대의 저리로 돈을 빌릴 수 있다. 직불금이라고 해서, 농사를 지으면 별도의 지원금도 받는다. 농업이 갖는 공익적 성격에 대한 지원금이자 농업인의 경제 안정화를 위한 지원제도다. 농지 면적에 따라 받는 것이 일반적인

데, 천 평의 면적에 120만 원 정도다. 몇만 평, 몇십만 평의 땅을 가진 대농의 경우라면 직불금도 적지 않아서 '농민들은 세금 받아서 농사짓는다'는 이야기도 간간이 듣는다. 표면상으로 보면 맞는 말이다. 나도 시골 살고, 농사짓기 전에는 '쌀값 인상', '농산물 가격 안정화' 같은 이야기를 들으면서도 그러려니, 정부에서 또 세금으로 어떻게든 해주겠거니 했다. 농부들이 도시생활자들과 달리 세상물정에 어둡고, 경쟁력이 낮은 탓도 있으려니 짐작한 것도 사실이다.

오랜 시골살이를 하면서 깨달은 건 내가 이전에 짐작했던 것들이 현실과 매우 다르다는 것이다. 각종 지원 혜택이 있는 건 맞지만 지원 정책의 맹점도 크다. 농기계 구입 지원을 받으려면 등록된 업체의 제품을 사야 하는데, 판매 가격 자체에 지원금을 고려(?)한 거품이 끼어 있는 듯하다. 어떤 제품들은 터무니없이 비싸서, 절반 금액을 지원받아 사기에도 좀 부담스러울 지경이다. 어차피 지원받는 거니, 그건 생각 안 해도 된다는 사람도 있지만, 지원 금액은 세금이 아닌가. 구입한 기계가 수익으로 바로 연결되지도 않는다. 지원사업의 수익은 농부보다 판매업자들이 더 가져가는 것이 아닌가 하는 생각이 든다. 저리대출과 관련된 혜택은 아무리 저리라고 해도 농부의 빚으로 남는다. 이자도 매년 내야 한다.

경제성만 따진다면 1차 농산물은 전부 수입해서 먹는 것이 마땅하다. 우리나라는 쌀 자급률만 96% 이상이고 나머지 모든 곡류와 콩류 등은 수입에 의존하고 있다. 쌀을 포함해도 전체 식량 자급률은 50%에 미치지 못하고 가축 사료는 전량 수입하고 있다. OECD 국가 중 곡류 자급률은 최하위이고 농업보조금도 평균(OECD 평균은 10.6%)에 크게 미치지 못하는 6.7% 수준이다(2016년 통계 기준 최하위).

농부가 작물을 선택하는 기준은 당연히 수익성이다. 수익이 좋지 않은 작물은 자연스럽게 경작 면적이 줄어들고, 반대로 수익이 높은 작물은 늘어난다. 단위 면적당 수익이 낮은 작물로는 쌀이 대표적이다. 수익은 나쁘지만 가장 중요한 작물이기 때문에 일정 수준 이하로 경작지가 줄어드는 것을 막기 위해 여러 가지 정책적인 지원을 한다. 농업 분야에 지원금이 많은 건 그만큼 경제성이 낮다는 반증이고, 그럼에도 불구하고 국가적으로 중요한 산업 분야라는 뜻이다. 젊은 귀농귀촌인들에게 각종 혜택을 제공하는 이유 역시 고령화로 인한 농업 인구의 절벽 사태를 막기 위한 것이다. 국가 지원만으로 완벽하게 정착할 수 있는 것은 아니지만 초기 정착에 매우 도움이 되는 것이 사실이다. 이 지원금과 혜택을 얼마나 잘 활용하느냐는 것이 젊은 귀농인들의 정착 성패를 가를 수도 있다.

●

2021년, 전업농부를 결심하면서 준비한 것이 후계농 지원사업 신청이다. 청년창업농 지원사업, 귀농귀촌 지원사업, 후계농업인 지원사업 등이 있는데 나는 나이가 적지 않아서 청년창업농 대신 후계농 지원사업에 신청했다. 본격적인 직업 농부로서의 첫 걸음이라는 의미도 있고, 필요한 교육도 받을 수 있고, 시설이나 토지 매입에 드는 비용을 저리로 대출받을 수 있는 기회이기도 해서다.

어떤 사업이든 부작용이 있기 마련이어서 이런 사업 역시 비판을 받는 지점이 있다. 청년창업농 지원사업의 원래 취지는 농촌에 청년들이 들어올 수 있는 여건을 조성하고 육성하자는 것이지만 현실과 맞지 않는 부분도 상당하다. 청년창업농에 선정되면 저리로 3억 원까지 대출을 받을 수 있다. 이 돈은 농지를 매입하거나 시설을 짓는 용도로 사용된다. 5년 거치 10년 상환이다. 청년창업농에겐 3년간 생활비도 지원해준다. 연고 없이, 부모의 도움 없이 귀농을 꿈꾸는 청년들에게는 매우 매력적인 조건이다. 하지만 어쨌거나 빚은 빚이고, 언젠가는 갚아야 한다. 그리고 저리라고 해도 이자를 내야 한다. 3억 원의 이자는 2% 이율로 연간 600만 원이다.

귀농한 첫해에 600만 원의 수익을 낼 수 있을까? 아마 불가능할 것이다. 아무런 시설도 도구도 없으므로, 이런저런 필요한 자재를 사다 보면 금세 몇천만 원의 지출이 생긴다. 둘째 해라고 아주 다르지 않다. 기반이 없으므로 2년, 3년 만에 빚을 갚을 만한 수익을 내는 건 매우 어렵다. 원금은 고사하고 이자 낼 돈을 벌기도 버겁다. 청년창업농이나 귀농귀촌 지원을 받는 동안에는 일정 기간이나 금액 이상 농사 이외의 다른 일로 수익을 내지 못하게 되어 있어서 빚을 갚자고 아무 일이나 할 수도 없다. 귀농하면서 곧장 억대 빚쟁이가 되는 셈이다. 지역마다 차이는 있겠지만 이자를 상회하는 지대 상승을 염두에 두는 친구들도 있다고 한다. 특히 강화도는 지대 상승이 이자를 훨씬 상회하는 수준이라 더욱 그렇다. 그래서 농업에 관한 관심이 아니라 부동산에 관심이 높은 청년들이 모여든다는 비판이 있다. 외지에서 농사를 짓겠다고 들어오는 청년이 아니라 원주민의 자녀들이 이 제도를 이용해 땅을 산다는 의심의 눈초리도 있다.

●

다양한 부작용이 있지만 청년창업농 지원사업이 아니라면 청년들이 농촌으로 들어오는 건 더욱 보기 어려운 일일 것이다. 그래서 나는 이 제도의 여러 가지 문제점에도 불구하고, 보완해서 제대로 작동하게 만드는 것이 필요하다고 생각한다. 귀농귀촌을 돈으로만 지원하지 말고 제대로된 교육부터 받을 수 있게 해주면 좋겠다. 농업기술센터에서 하는 필수교육들이 있긴 하지만 내가 볼 때는 형식적인 내용이 많다. 수익을 낼 만한 작물을 미리 길러 볼 기회를 준다든지, 귀농할 지역에 믿을만한 멘토 농부를 붙여준다든지 하는 방식은 어떨까 한다. 물론 귀농할 당사자가 미리 공부하고 실전을 겪어보며 신중하게 선택하는 것이 필요하지만 아예 시스템화시켜 막무가내로 농사를 시작하지 않도록 지원해주는 것이 필요해 보인다.

당연한 이야기지만 귀농귀촌을 생각하는 청년이라면 청년창업농 외에도 다양한 형태의 지원, 공모사업에 도전해보는 것도 좋은 방법이다. 농업과 관련된 서비스나 교육, 농촌에 필요한 협동조합이나 사회적 기업을 포함한 다양한 지원사업이 존재한다. 저리 대출 형식이 많지만 간혹 투자비 회수를 하지 않는 순수 투자 형태의 지원을 해주는 사업도 있다. 이런 사업에는 '먹튀'가 섞여들기 마련이지만, 원래의 사업 취지에 맞는 진정성을 가진 청년이라면 적극적으로 이용하면 좋을 것 같다.

가장 어려운 과제,
농지는 어떻게
사지?

귀농귀촌에서 가장 어려운 것이 적절한 농지를 찾는 것이다. 일단 농지는 '농업진흥지역'이거나 '관리지역' 둘 중 하나인데 관리지역의 경우 제한적으로 개발 행위가 가능해서 땅값이 훨씬 비싸다. 그래서 대개는 농업 이외의 개발 행위가 불가능해 '절대농지'로 불리는 농업진흥지역의 논이나 밭을 선택하게 된다. 논이 가장 싸고, 밭은 논보다는 조금 더 비싸다. 논을 사서 흙을 붓고 밭으로 만드는 방법도 있다. 농지 가격은 지역에 따라, 농지의 조건에 따라 천차만별이라 직접 다니며 눈으로 보는 수밖에 없다.

지역 내 부동산 사무소를 여러 곳 다니며 알아보는 것이 일반적이지만 시골에는 '똠방'이 있어서 이쪽을 통해 땅을 찾는 방법도 있다. 무허가 중개업자를 뜻하는 말인데, 보통 그 동네 사정에 밝은 '빠꼼이'들이 부동산 거래를 중개하고 수수료를 가져간다. 똠방 자체는 불법이지만 문제는 어떤 토지는 이 똠방들만 갖고 있다는 것이다. 시골에서는 "좋은 땅은 부동산까지 안 간다"고 이야기한다. 부동산 사무소만 들락거릴 것이 아니라 동네 이장, 현지인들에게도 농사지을 좋은 땅 좀 알아봐 주십사 읍소에 가까운 부탁을 해야 한다는 것이다. 그래서 덥석 땅부터 사지 말고, 현지에 들어가 사람을 사귀며 천천히 농지를 알아보는 것이 좋다.

●

주위에 바람을 막아주는 야트막한 산들이 있고, 온종일 햇볕이 잘 드는 남향에 충분한 수량의 물이 가까이 있다면 농지로서는 더할 나위 없다. 하지만 이런 땅이 쉽게 나올 리 없다. 뭔가 부족하고 아쉬운 점들이 있기 마련이다. 땅은 한 번 사들이고 나면 쉽게 바꿀 수 없으므로 충분히 알아보고 숙고한 뒤에 실행에 옮겨야 한다. 일단 농지는 온종일 햇볕이 잘 드는 땅이어야 한다. 산 그림자가 빨리 지거나 해서 일조량이 부족하지 않은지 확인해 본다. 가까이 축사가 있지 않은지도 살펴봐야 한다. 여름에 벌레가 많고 냄새가 날 뿐만 아니라 지하수 오염 등의 여러 가지 문제가 있을 수 있다.

농지를 선택할 때 가장 먼저 보는 것은 기계나 차가 들어갈 만한 진입로가 있는지, 그 진입로가 혹시 다른 사람의 사유지를 지나지 않는지 지적도를 보고 확인하는 것이다. 동네 사람들끼리는 문제없이 사용하고 있다가 외지 사람이 땅을 사면 못 지나다니게 하는 경우가 간혹 있다. 이렇게 남의 땅을 밟아야만 들어갈 수 있는 땅을 '맹지'라고 하는데 싸다고 덜컥 샀다가 후회하는 사람들이 많다. 오랜 시간이 지나도 해결할 방법이 마땅치 않기 때문이다. 반대로 구입할 땅의 일부가 길로 사용되고 있는 경우도 있는데 이것 역시 좋지 않은 경우다. 내 땅이라고 해도 사람들이 다니는 길을 막기가 어렵기 때문이다.

두 번째는 물을 확인해야 한다. 물 없이 기를 수 있는 작물은 거의 없다. 논이라면 물이 어디서 들어와서 어디로 나가는지 봐야 한다. 공용 수로 사용이라면 문제없지만 다른 사람의 논을 거쳐 들어오는 경우라면 분쟁의 소지가 있다. 몇 년 전 가뭄이 심한 해에 물꼬 문제로 다투다가 살인사건으로 이어진 예가 있다. 논을 매립해 밭으로 바꿀 예정이라면 관정(땅을 기계로 뚫어서 지하수를 끌어올리는 것)이나 상수도 시설이 필요하다. 간혹 관정을 파도 물이 나오지 않는 지역이 있으므로 이것도 확인해봐야 한다. 물이 나오지 않으면 밭농사는 지을 수가 없다. 물이 빠져나갈 배수로가 있는지, 비 온 뒤에 물이 어느 쪽으로 얼마나 빠져나가는지도 살펴본다. 지형에 따라 유독 바람이 많거나 적은 곳이 있는데, 기왕이면 바람이 너무 거세지 않은 곳이 좋다.

전기가 들어와 있는지도 확인해 본다. 펌프와 저온저장고, 건조기 등 전기를 사용해야 할 일이 많다. 만약 전기가 들어와 있지 않다면 가장 가까운 전봇대와의 거리가 200미터 이내인지 확인해 볼 것. 200미터 이상 떨어진 곳이라면 전기를 끌어오기 위해 적지 않은 비용을 들여야 한다.

밭이라면 흙의 상태도 살펴본다. 흙에서 냄새가 나고 벌레가 많다면 오염된 흙일 수 있다. 큰 돌이 너무 많이 섞여 있어도 농사짓기에 어려움이 많다. 친환경 농사를 지을 생각이라면 흙의 상태를 보다 면밀하게 볼 필요가 있다. 제초제나 농약, 비료 등을 너무 많이 사용했던 농지라면 이후 인증을 받는 데 곤란한 경우들이 생긴다. 차라리 새로 매립한 땅이 낫다. 논을 사서 밭으로 바꾸는 것도 쉽지는 않다. 규제 조건이 많고, 주위 민원도 많이 발생한다. 밭농사를 지을 거라면 밭을 사는 게 좋지만, 땅값을 생각하면 그것도 선뜻 결정하기가 어렵다. 어떤 작물을 어느 정도 규모로 재배할 것인지, 시설 농사인지 또는 노지 농사인지, 일반 농가인지 체험형 농가인지를 잘 고려해서 시간을 두고 농지를 찾는 것이 좋다.

잊지 말아야 할 것은 땅보다 중요한 것이 사람이라는 점이다. 아무리 좋은 농지를 구입했어도 이웃과 관계가 좋지 않다면 차라리 돌밭을 일구는 편이 나을 수도 있다. 매입할 땅과 맞붙은 땅의 주인이 누구인지, 가까이 어떤 사람들이 살고 있는지 알아야 한다. 바로 옆에 붙은 땅의 주인이 사사건건 시비를 걸어온다면 그 괴로움은 이루 말할 수가 없다. 이웃 청년농도 벌판 한가운데 있는 논을 사서 밭으로 매립했는데 비가 오면 옆 논에서 흙이 쓸려 흙탕물이 넘어온다며 따지고 보상을 요구하는 통에 애를 먹었다. 요즘은 잘 모르겠지만, 예전에는 일부러 개 축사를 농지나 귀농인 집 근처에 짓는다든지 배수로나 물꼬를 갖고 트집을 잡았다는 이야기를 전해 듣긴 했다. 농지를 구입하기 전에 그 마을의 분위기를 미리 알아보고 외지인들에게 배타적이지는 않은지, 구입하려는 땅에 현지인들만 알고 있는 하자가 있지는 않은지(예를 들어 물이 솟아나는 수렁논도 있는데, 농사짓기가 힘들고 매립할 때도 문제가 될 수 있지만 이건 그 지역에서 농사짓는 사람들만 안다) 지역 사정에 밝은 사람들에게 조언을 구하는 게 안전하다.

완벽한 땅은 아마 구할 수 없을 것이다. 좋은 조건의 땅이 이제 막 귀농귀촌하려는 외지 사람의 손에 쉽게 돌아갈 리가 없다. 어차피 농지는 농사짓는 사람이 얼마나 많은 시간과 노력을 들이느냐에 따라 서서히 변화하기 마련이다. 땅의 조건만 보지 말고, 함께 농사짓고 살아갈 마을 사람들도 둘러보라고 조언하고 싶다.

이제 다시, 농부의 시간

농부의
시간은
더디게 간다

씨앗을 심고 일주일, 열흘, 보름을 기다리는 것

흙을 밀어 올리고 머리를 내민 새싹을 조급한 마음 없이
흐뭇하게 바라보는 것

긴 비가 그치길 기다리는 것

할 일을 마친 뒤 의지를 내려놓고 때를 기다리는 것

고랑의 헤아릴 수 없이 많은 풀을 성난 마음 없이 뽑아내
는 것

김을 매다가 해 지는 하늘을 넋 놓고 바라보는 것

안개가 내려앉은 밭둑을 천천히 걷는 것

사람도 작물도 스스로 자랄 때까지 느긋하게 기다리는 것

세상은 내 뜻대로 움직이지 않는다는 걸 깨닫는 것

그러하다.

농부로 산다는 것은 삶의 속도를 늦추고 기다림을 배우는 것이다. 우리는 그동안 너무 빨리 달렸다. 시간에 쫓긴 나머지 삶을 풍요롭게 해줄 '디테일'을 음미할 기회를 놓치며 살아왔다. 느릿느릿 자연과 함께 움직이는 농부의 시간에 몸을 맡기면 질주하는 차량의 브레이크를 밟듯 삶의 속도가 차츰 낮아진다. 내 곁에 무엇이 있는지 비로소 찬찬히 관찰할 기회를 갖게 된다.

●

"이제 봄이네."

아직 두툼한 겨울 점퍼를 벗지 못한 2월인데, 동네 어르신은 봄이 왔다고 툭 내뱉는다. 아직 눈도 다 녹지 않은 추위에 웬 봄이람. 하지만 시골에 살다 보면 그 말이 진실이라는 걸 알게 된다. 메마르고 차가운 겨울 바람이 습기를 머금고 부드러워지면 곧 봄이 닥친다. 오래된 농부들은 꽁꽁 언 땅이 서서히 풀리기 시작하는 때를 본능적으로 안다. 일기예보를 보지 않고도 곧 비가 내릴지, 바람이 불지를 가늠한다.

동네 농부들이 밭에 모종을 심고 있으면 다음 날 꼭 비가 내린다. 오래된 농부들은 시계와 달력을 보지 않고도 자연의 '때'를 잘 알아차린다. 농부의 시간은 자연의 변화를 따라 천천히, 시나브로 흐른다. 도시생활자는 시간을 쪼개서 쓰지만 농부는 시간을 쌓아간다. 일하는 방식도, 살아가는 방식도 다르다.

농부는 태곳적부터 존재하던 자연의 시간과 함께 걷는다. 빨라도 안 되고 늦어도 안 되는, 우주의 움직임에 딱 맞춘 발걸음이어야 한다. 그래서 농부의 시간은 도시인들에게 매우 더디고 답답하게 느껴진다. 한 번의 농사, 한 번의 경험을 얻으려면 일 년이라는 시간이 필요하다. 한 분야에서 10년쯤 경력을 쌓으면 전문가로 불리지만 10년짜리 농부는 전문가 언저리에도 못 간다. 기껏해야 열 번의 경험을 가졌을 뿐이다. 10년이면 '이제 농사 좀 아는 중수' 정도다. 20년 이상은 되어야 남의 농사 훈수도 두고, 선생님 노릇도 제법 하는 경력 농부가 된다. 귀농한 사람들이 한두 해만에 성과를 내려고 노력하다가 금세 좌절하고 포기하는데, 도시인의 시간으로 살기 때문이다. 출발선에서 1킬로미터 전력 질주하다가 주저앉는 마라토너인 셈이다.

시골에서 서울 한복판으로 15년 이상 출퇴근하면서 도시와 농촌의 시간이 조금 다르다는 걸 눈치챘다. 도시 생활은 달력과 출퇴근 시간, 점심시간에 맞춰져 있다. 내 몸의 컨디션이나 날씨는 이런 스케줄에 거의 아무런 영향을 주지 못한다. 도시인의 계획은 분 단위, 시간 단위로 맞춰져 있지만 농부의 시간은 사뭇 다르다. 일출 일몰 시각에 맞춰 일하고 내 몸의 컨디션과 작물의 상태에 따라 노동의 종류와 강도, 시간을 결정한다. 다음 비 오기 전까지, 비가 온 다음에, 서리가 내리기 전에. 계획을 세울 수는 있지만, 완성하는 건 사람의 힘이 아니다. '하늘이 돕는다'라는 표현을 종종 쓰는데, 말 그대로다. 시설 농사의 사정은 좀 다르지만 노지 농사는 '하늘', 즉 날씨가 도와줘야 제대로 매듭지을 수 있다.

도시인으로 살 때는 늘 시간에 쫓기며 살았다. 오늘 퇴근 전까지 꼭 해야 할 일, 이번 주 안에 꼭 마쳐야 할 일, 무슨 일이 있어도 이달 중으로 마쳐야 할 일들이 내 뒤통수를 집요하게 잡고 늘어졌다. 이런 생활을 10년, 20년 하다 보면 저절로 '급한 마음'을 갖게 된다. 정해진 일을 정해진 시간 내에 제대로 해내야 한다는 압박감이야말로 '월급쟁이'의 숙명과도 같다.

내 속의 조급증을 가라앉히는 데 꽤 시간이 걸렸다. 하지만 아직도 저 안의 '도시생활자'가 불쑥불쑥 잔소리하는 걸 느낀다. '이런 식으로 하니까 돈을 못 벌지'라든가, '이렇게 계획성이 없어서 무슨 사업이 되겠어'라든가, '더 효율적인 방식을 찾아야지, 이건 시간 낭비야'라든가. 물론 도시 생활과 직장생활에서 얻은 많은 것들이 농부라는 새 직업에 적지 않은 보탬이 되는 것도 사실이다. 하지만 이런 '도시인 마인드'가 나 자신과 선배 농부인 남편을 적잖이 괴롭혔다.

"오늘 밭을 다 만들어놔야 내일 파종을 할 거 아냐. 이렇게 자꾸 쉬면 언제 밭을 다 만들어?"

"오늘 못하면 내일 마저 하면 되지. 파종은 이번 주까지만 하면 돼."

원래 성격이 느긋한 데다 농부 경력이 10년을 넘어선 중수 농부 이준서 씨와 회사에서 중간관리자를 했던 도시생활자 출신인 나는 이런 식으로 자주 다퉜다. 계획한 일을 꼭 해야 한다는 나, 상황에 맞춰서 하겠다는 남편. 결과는 남편의 판정승이다. 농사 이외의 일들, 예를 들어 포장재료를 구입하고, 택배를 부치고, 전단지를 만드는 건 내 식으로 일하는 게 효율이 훨씬 높지만 농사 그 자체는 남편의 방식이 더나았다. 오늘 중으로 하겠다고 목표로 잡은 일 자체가 정량적인 측정이 어렵고, 변수도 너무 많았다. 더 일찍 파종한다고 더 일찍 자라는 것도 아니고, 많이 심었다고 많이 거두는 것도 아니다. 고수는 서두르는 법이 없다는데 농부도 그렇다. 나 같은 초짜 농부나 동동거리면서 서두르고, 괜히 애만 쓰고 농사는 망친다.

삶의 방식을 바꾸는 건 쉬운 일이 아니다. 농부의 시간이 다르게 간다는 것, 그리고 그 시간에 맞춰야 한다고 깨달은 이후에야 농사가 조금 더 편안해졌다.

●

나는 초짜 농부여서 농사의 '때'를 아직 잘 모른다. 농부를 움직이는 자연의 시계에도 완벽하게 적응한 상태가 아니다. 종종 밤늦게까지 넷플릭스 시리즈를 보고 다음 날 늦잠을 잔다. 그랬다가 일이 급하다며 해 질 녘에 헤드랜턴을 켜고 일하는 경우도 있다. 내가 생각해도 참 미련한 짓이다. 해뜨기 전 이른 시간에 기상하여 논밭에 나가시는 어르신들을 보면 존경스러운 마음이 든다. 자연의 시간에 순응하려고 노력 중이지만, 밤의 즐거움을 아는 도시 생활을 오래 한 터라 쉽사리 고칠 수가 없다. 야식을 먹고, 영화를 보고, 휴대폰을 켠 뒤 SNS를 어슬렁거리는 것도 여전히 즐겁다. 지금은 억지로 습관을 고치려고 노력하기보다는 내 생활패턴을 보다 유리하게 써먹는 방식을 고민 중이다.

농장에서 퇴근한 뒤 저녁 시간에 SNS를 한다. 페이스북 '나만 보기' 기능을 써서 농사일지를 작성하고, 인스타그램 계정에 농장 근황과 작물 재배 상황, 판매 글을 올리기도 한다. 도시 출신 올빼미족이어도 얼마든지 농부로 살 수 있다. 다만 농장 일은 해가 진 뒤엔 효율이 매우 떨어지고 너무 덥거나 추울 때는 피해야 해서 어느 정도는 선배 농부들의 패턴을 따라가야 한다. 그렇지만 시간에 너무 얽매이거나 엄격해지지 않는 것이야말로 도시인의 때를 벗고 농부로 살아가는 시작이 될 수도 있다.

도시농업과
시골농부의
동행을 위해

예전에 날 알던 사람들을 만나면 요즘 무슨 일 하시냐고, 조심스럽게 묻는다.

"농부예요, 강화도에서 농사지어요."

이렇게 대답하면 눈이 동그레지면서 "와" 하는 감탄사를 내뱉는다. 농부라는 직업이 감탄사가 나올만한 직업인가, 하고 생각했다가 지식노동자로 살던 내가 농부로 직업을 바꿨다는 점이 감탄의 포인트인가 보다 하고 지레짐작해본다. 반대로 나를 농부로만 알고 있는 사람들도 내 안부를 묻다가 "저 원고 좀 쓰고 있어요. 취재하러 서울 다녀오는 중이에요" 하고 대답하면 역시 깜짝 놀란다. 농부가 글 쓰고 책

읽는다고 하면 그것 역시 놀라운 일로 느껴지나 보다.

농촌과 도시, 농부와 도시인 사이에는 물리적 거리를 훨씬 앞지르는 심리적 거리가 존재하는 것 같다. 강화도는 김포신도시에서 차로 30분 거리지만 거리의 풍경과 생활환경은 확연하게 다르다. 서울의 신촌과 강화를 오가는 광역버스를 타고 가다 보면 적어도 30년의 차이를 거리별로 실감할 수 있다. 시골은 몇몇 개의 프랜차이즈 간판을 빼면 도시의 90년대 풍경, 또는 그 이전 시대와 비슷하다. 서울 사람들은 서울 이외의 지방 도시들을 '시골'이라고 생각하는 경향이 있는데 엄연히 시골이라고 하려면 구가 아니라 군, 면, 읍으로 분류되고 상업지구보다 농지와 임야가 더 많아야 한다.

●

도시에 비해 여러 가지로 낙후된 시설과 인프라를 갖고 있지만 농촌은 예전에도, 현재도, 앞으로도 매우 중요한 지역이다. 생각해보라. 도시인의 먹을거리는 어디서 오는가. 이마트와 쿠팡과 편의점에서 오는가. 가공이든, 생물이든 그 먹을거리는 농촌에서 길러낸 것들이다. 아직 개발되지 않은 산과 숲, 논과 밭에는 도시에서 생존할 수 없는 다양한 생명이 살아가고 있다. 농부의 후손인 우리는, 도시에 살면서도 왠지 모를 이끌림을 느낀다. 흙을 밟고 풀냄새를 맡으며 내 손으로 생명을 키우고 싶은 욕망. 우리 안의 농부 DNA는 '주말농장'과 '텃밭 농사'를 위해 기꺼이 수고를 감수하도록 이끈다. 하다못해 베란다 텃밭, 옥상 텃밭에라도 무언가를 심고 키우는 사람들이 얼마나 많은가.

도시농업은 잠깐의 유행이 아니라 시대의 흐름이 되어가고 있다. 그래서 나는 2020년 인천시농업기술센터에서 '도시농업전문가 과정'을 이수하고 관리사 자격증을 취득했다. 교육과정을 신청하면서 '강화도 농부'라고 했더니, 접수하는 담당 직원이 약간 당황한 기색을 보였는데 왜 그런지는 교육을 받으면서 알게 됐다. 그 교육은 전업농이 아닌 도시 사람들을 위한 교육이었다. 주로 텃밭 농사를 지도하기 위한 교육 커리큘럼이라, 초짜 농부인 나에게는 도움이 되었지만 웬만한 경력 농부라면 다 알고 있을 법한 것들이었다. 경력 농부인 남편이 위험하다며 절대 근처에도 오지 말라고 했던 관리기와 예초기 사용법도 도시농업 교육과정에서 배웠다.

●

교육을 받으면서 도시농부를 가르치고 돕는 것이야말

로 시골의 전업농부들이 해야 하는 일이 아닌가 하는 생각이 들었다. 물론 농사를 짓는 것과 농사를 가르치는 것은 다른 일이다. 그런데 농사란 잠깐의 교육과정으로 마스터할 수 있는 쉬운 일은 아니다. 나 같은 초짜 농부들은 재배 작물의 종류도 얼마 되지 않고 수많은 변수에 대한 노하우도 부족하다. '도농교류'란 말을 자주 하는데, 단지 농산물만 도시로 보낼 것이 아니라 농부가 직접 농사짓는 방법을 알려주는 것이 필요하지 않을까 한다. 도시에서 살다가 귀농한 젊은 농부들이야말로 이 일에 적임자가 아닐까?

도시농업은 단순히 텃밭에서 푸성귀를 직접 길러 먹는다는 것 이상의 의미를 갖고 있다. 도시 안에 살아있는 생태계를 만드는 일이기 때문이다. 먹을거리를 얻는 것은 물론 다양한 생명이 깃들 수 있는 환경을 만들어야 한다. 당연히 화학농약이나 제초제 등은 사용하지 말아야 한다. 하지만 내가 수강한 도시농업 과정은 '친환경'이 아니었다. 병충해에 관한 교육은 곧장 적당한 농약 처방으로 귀결된다. 기르는 작물의 수확량이 줄어들지언정, 도시농업은 주변 생태계와 공존할 수 있도록 반드시 친환경으로 진행되어야 한다는 것이 내 생각이다.

꿀벌과의
달콤한
공존

2021년부터 양봉을 배우기 시작했다. 가드닝을 공부할 때도, 도시농업 과정을 배울 때도 양봉이 작은 생태계를 완성하는 결정적인 연결고리라는 생각이 들었기 때문이다.

"벌 안 무서워요?" "벌에 쏘이면 어떡해요?"

사람들이 이렇게 묻는데 가끔 무섭고, 쏘이면 아프다. 그리고 벌에 한 번도 쏘이지 않는 양봉인은 없다. 벌에 쏘이는 건 익숙해지는 것일 뿐 쏘일 때마다 아프다. 작년 일 년간 2주에 한 번씩 양봉 수업을 받으면서 열 번 이상 쏘인 것 같다. 어떨 땐 덜 아프고 어떤 날은 불에 데인 듯이 몹시 아팠다. 붓고 가렵고 아프지만 일주일 정도 지나면 없어진다. 벌에 한 번 쏘이고 나면 더럭 겁이 난다. 한 번에 한 곳만 쏘이는 건 그나마 참을 만한데, 서너 군데 이상 한꺼번에 쏘이면 아주 죽을 맛이다. 특히 얼굴 쪽에 쏘이면 한동안 매우 불편하다. 어디 외출하기도 곤란하고. 그래서 얼굴 쪽을 쏘이거나 쏘인 자리가 많이 부어오르면 병원에 다녀오기도 한다. 양봉인들도 가끔 한꺼번에 많이 쏘이면 쇼크가 와서 구급차 신세를 지는 경우도 있다.

사실 꿀벌은 인간이 건드리지 않으면 쏘지 않는다. 벌통을 열고 꿀을 뺏어가니까 쏜 것이다. 다 쏠만한 이유가 있었던 것이고, 나를 쏜 꿀벌은 목숨을 잃었으니 오히려 내가 미안할 따름이다. 꿀벌의 침은 '봉침'이라고 해서 한방요법 중 하나로 쓰이지만 말벌의 독은 알레르기로 인한 쇼크가 올 수 있어서 위험하다.

●

비건은 꿀을 먹지 않는데 이유는 꿀벌을 혹독하게 착취한 결과물이기 때문이라고 한다. 엄격하게 평가하자면 맞는 말이다. 하지만 꿀에 대한 인간의 애착과 의존은 쉽사리 바뀔 것 같지 않다. 기원전 6~7세기 이집트에 양봉에 대한 기록이 남아 있을 만큼 오래된 집착이라고 해야 할까.

사실 꿀벌은 꿀 때문이 아니더라도 매우 특별한 곤충이다. 지구상에 존재하는 많은 속씨식물이 꿀벌에 의존해 수분을 하기 때문이다. 과일을 포함한 전 세계 100대 농작물의 경우 70% 정도가 꿀벌의 수분에 의지한다. 그런데 최근 사회적 이슈가 된 것처럼 꿀벌의 개체 수가 급감하고 있다. 농약 사용, 전염병 유행 등과 함께 기후변화가 가장 큰 원인으로 지목되고 있다. 우리나라도 몇 년 전부터 꿀벌 애벌레가 바이러스에 감염되는 '낭충봉아부패병'이 유행하면서 토종벌과 양봉 벌통 수가 크게 줄었다고 한다.

꿀벌은 넓은 지역을 날아다니며 조각조각 존재하는 녹지를 연결해 하나의 생태계로 묶어준다. 텃밭 농사와 가드닝의 수분에도 도움이 되지만, 꿀벌 그 자체가 생태계의 지표가 된다는 점, 식물의 다양성을 유지하는 생물이라는 점에서도 중요하다. 토마토 농사를 짓는 하우스에서는 돈을 주고 호박벌을 수정벌로 들이기도 한다. 자연스러운 화분이 일어나지 않기 때문이다. 하우스 자체가 외부와 많이 차단되어 있기도 하고, 자연 상태에서 충분히 수정해줄 만한 벌들이 더 이상 존재하지 않기 때문이기도 하다. 수정벌이 없으면 사람이 붓을 들고 일일이 꽃을 털어주어야 한다.

양봉은 농사보다 훨씬 문턱이 높은 고급 기술이다. 일단 양봉을 배울 수 있는 곳을 찾기가 어렵다. 몇 해 전부터 양봉을 배우고 싶어 여기저기 기웃거려 봤지만 실습 위주의 교육을 하는 곳을 찾을 수가 없었다. 양봉하시는 분이 "벌통을 사다가 두고 키우면 된다"고 하시길래, 그럼 여기 와서 배울 수 있겠냐고 물었더니 대꾸를 안 하셨다. 내가 생각해봐도 귀찮은 일인 듯싶었다. 내가 벌통부터 마련해서 키우지 않은 이유는 그 수많은 생명을 한꺼번에 죽이게 될까 봐 두려워서였다. 벌통을 갖다 두었다가 폐사했다는 이야기를 많이 들은 터였다.

그러던 차에 강화도에 있는 '큰나무 사회적 농장'에서 양봉 교육을 한다는 이야기를 전해 들었다. 발달장애 청년들의 자립을 위해 만든 큰나무 공동체에서는 직접 만든 빵과 꿀로 수익사업을 하고 있다. 그곳을 이끌고 있는 나무샘, 문연상 목사님이 양봉 교실을 열기로 하셨다는 것이다. 2월 첫 주, 10여 명의 수강생은 첫 수업부터 양봉장으로 올라갔다. 벌통의 뚜껑을 열고 벌의 상태를 확인한 뒤 화분떡(유채 꽃가루를 주재료로 해서 떡처럼 만든 것인데, 주로 꿀벌들의 양육에 쓰인다)을 올려 월동 상태를 깨고 산란을 유도하는 작업을 했다. 2주에 한 번씩 이어진 수업에서는 응애와 진드기 등의 병충해 방제, 물과 설탕물을 주는 방법과 적당한 시기, 사양꿀을 빼내고 천연꿀을 얻는 방법, 꿀벌들의 개체가 줄어들지 않도록 관리하는 방법, 월동을 위한 준비 등을 배웠다.

벌통 뚜껑을 열고 벌집을 들어 올려 상태를 확인하는 과정을 '내검'이라고 한다. 세 번째 수업이 되어서야 드디어 여왕벌을 볼 수 있었다. 일벌보다 더 길고 큰 배를 갖고 있지만 항상 많은 일벌에 둘러싸여 있어서 생각보다 발견하기가 쉽지 않았다. 수강생들은 자신의 벌통에서 여왕벌을 발견하면 '찾았다'고 기뻐하곤 했다. 벌집 안에 있는 눈에 보일동말동한 알과 애벌레를 구분해서 보게 된 건 그로부터 아주 한참 뒤였다.

수업 시간 도중 손등에 앉은 꿀벌을 가만히 들여다보면 참 예쁘다. 노랗고 보송보송한 털공 같아 보이는 등도 그렇고, 머리의 반을 차지한 까맣고 반짝반짝한 겹눈도 예쁘다. 양봉 장갑에 침을 박아넣는 다혈질의 꿀벌을 보면 풋, 하고 웃음이 나다가도 아차, 넌 이제 죽었구나 싶어 안타깝다. 어떤 녀석들은 양쪽 옆구리에 참깨만 한 노란 공을 하나씩 끼고 벌집으로 돌아온다. 나무샘에게 물으니 이게 바로 꽃에서 가져온 '화분'이란다. 몸집에 비하면 적지 않은 양인데, 가져오느라 수고했을 생각을 하니 괜히 짠한 마음이 든다.

배운 바에 의하면 꿀벌이 어릴 때는 벌통 안에서 일하다 가(내역벌) 좀 더 자라면 꿀을 따러 나간다(외역벌). 죽을 때가 가까워지면 병정 역할을 맡는다. 여왕벌을 더 키울지 말지, 수벌을 얼마나 만들지 결정하는 건 여왕벌이 아니라 일벌들이다. 만약 여왕벌이 신통치 않으면 일벌들이 내쫓거나 죽이기도 한다. 꽃에서 꿀을 따는 것보다 다른 벌통에서 훔쳐 오는 편을 좋아하지만(이걸 도봉이라고 부른다) 벌통마다 병정 벌이 지키고 있으니 쉽지 않다. 말벌이 들어오면 숱한 희생을 감수하고 한꺼번에 달려든다. 말벌의 턱에 머리가 잘려 나가면서도 끝없이 달려들어 결국 막아내곤 한다. 알면 알수록 신기하고 놀라운 생명체들이다.

●

꽃이 피기 시작하면 벌들도 분주해진다. 양봉장에 올라가면 벌들이 붕붕거리는 소리로 가득하다. 화분과 꿀을 따서 집으로 돌아오고, 다시 꿀을 따러 나가는 벌들의 날갯짓으로 북새통이다. 꿀벌은 꿀을 따기 위해 2~4킬로미터까지 움직이는데, 최근 연구에 따르면 시골 벌들이 도시 벌들보다 더 먼 거리를 움직인다고 한다. 농촌에는 아까시나무, 밤

나무 등 산에서 자라는 나무를 제외하면 오히려 밀원식물(벌들이 꿀을 많이 가져올 수 있는 식물들)이 적다. 무나 배추, 아욱, 쑥갓, 양파, 마늘 같은 대개의 엽채류 작물들은 꽃이 피기 전에 재배를 마치거나 꽃대를 잘라 버리기 때문이다. 오히려 농약을 뿌리지 않고 키운 도시의 꽃들이 더 나은 밀원식물이 된다.

그 작은 몸으로 먼 길 다니며 모아온 꿀을 뺏어 먹자니 조금 미안한 마음도 든다. 하지만 내가 배우는 양봉은 일방적인 착취는 아니다. 주고받는 것이 있다. 더위와 추위, 말벌로부터 꿀벌을 보호하고 먹이가 없을 때도 굶어 죽지 않도록 양식을 제공하는 것이 인간의 역할이다. 꿀벌은 좋은 꿀을 빼앗기는 대신 그보다 질이 낮은 사양꿀(설탕물을 먹고 만든 꿀)로 겨울을 난다. 큰나무 양봉교실에서는 꿀을 가져오고 설탕물을 주되, 벌들이 육아와 월동을 위해 써야 할 진짜 꿀을 적당히 남겨둔다. 그렇게 해야 꿀벌들이 약해지지 않고 세대를 이어갈 수 있기 때문이다.

벌들이 꿀을 가져오면 꿀방에 넣고 어느 정도 수분을 날린 뒤 오래 보관하기 위해 밀봉해 놓는다. 이렇게 해서 일정 기간 숙성된 꿀을 '자연숙성꿀'이라고 한다. 대부분의 양봉 꿀은 밀봉하기 전, 수분이 채 날아가기도 전에 빨리 빼낸다.

그렇게 해야 다음 꿀을 조금이라도 더 받을 수 있기 때문이다. 상업적 양봉은 꿀벌을 지나치게 착취한다는 비난을 받곤 한다. 많은 양의 꿀을 따기 위해 먼 거리를 이동(벌통을 차에 싣고 꽃을 따라 지역을 이동하면서 채취하는 걸 이동 양봉이라고 한다)할 뿐만 아니라 꿀을 재빨리 그리고 완전히 빼내는 것, 화분과 프로폴리스까지 한꺼번에 채취하는 것 등이 비난을 받는 이유다. 게다가 사양꿀을 빼낸 뒤 자연꿀만을 분리해서 판매해야 하는데, 제대로 하지 않으면 사양꿀과 자연꿀이 섞인 채 판매될 수도 있다. 그러나 전문가조차 사양꿀이 얼마나 섞였는지 구분해내기가 어렵다. 그래서 '꿀은 그 꿀을 딴 양봉가만 안다'는 얘기가 있다.

어쨌거나 이런 상업 양봉이 없다면 우리는 꿀을 지금처럼 손쉽게 구해서 먹을 수 없을 것이다. 그리고 상업 양봉마저도 기후 위기로 인해 존폐의 기로에 서 있다. 어쩌면 우리는 가까운 미래에 천연꿀을 입에 넣지 못하게 될 수도 있다.

●

농사도 그렇지만 양봉 역시 낭만적인 상상을 했다면 당황하게 된다. 방충복과 두꺼운 장갑을 끼고 작업하는 것도 쉽지 않고, 2단으로 올려놓은 벌통(이걸 계상이라고 부른다)을 들어서 내렸다가 올리는 일도 힘이 든다. 벌통을 열면 소비(나무 틀로 한 장씩 만들어놓은 벌들의 방)를 들어 올려 상태를 확인해야 하는데, 벌들이 밀랍으로 덧집을 짓거나 붙여놓아서 도구를 사용해 일일이 떼어내야 한다. 꿀이 가득 찬 상태의 소비는 두 손으로 들어 올려도 묵직하다. 벌통이 수십 통이라면 하루 종일 해도 끝나지 않는 고된 노동이 된다. 한여름에 방충복을 입고 양봉장에 가면 땀이 흘러서 눈이 따가울 정도다. 벌에 쏘이는 것 역시 양봉을 질겁하게 만드는 원인이다. 또 양봉에 쓰이는 자재들도 꽤 비싼 편이다. 벌집 한 통당 월동까지 15킬로그램 설탕 한 포대가 들고, 각종 방제용 약재도 필요하고, 화분떡도 매년 여덟 개 정도 써야 한다. 벌집에서 꿀 한두 병씩은 나와야 손해를 보지 않는 셈이다. 상업 양봉이 아니라면 그 정도 양의 좋은 꿀을 얻고, 나머지는 꿀벌에게 남겨주면 어떨까 한다.

꿀은 오래도록 인류가 얻을 수 있는 가장 순수하고 밀도 높은 에너지원이었다. 꿀은 지구 어디서든 귀한 음식이며, 약재였다. 또한 꿀의 보존기한은 가늠하기 어려울 정도여서 몇 년 정도는 문제없고, 심지어 몇십 년이나 몇백 년까지도 보존이 가능하다. 꿀은 썩지 않는다. 천연방부제라고 불러도 손색없을 정도다. 화분, 프로폴리스, 밀랍, 로열젤리, 봉침까지 꿀벌이 만들어내는 것 중 유용하지 않은 것이 하나도 없다.

●

"이제 농사는 그만두고 양봉할 거야?"

가끔 사람들이 내게 이렇게 묻는다. 하지만 나는 농사를 그만두고 양봉을 할 생각이 아니라, 농사를 더 잘하기 위해 양봉을 배우는 중이다. 친환경 농장은 그 자체가 하나의 생태계다. 게다가 우리 농장은 관행농지 한가운데 덩그러니 있는 섬 같은 존재여서 더욱 그렇다. 이 작은 생태계를 제대로 가꾸고 유지하기 위해 꿀벌들을 모셔오기로 한 것이다.

일 년을 배운 뒤, 2022년에 다시 심화반 과정에 등록했다. 주위에서 이제 꿀맛 좀 보여줄 거냐고 묻곤 했는데, 드디어 내가 그걸 해냈다. 올봄의 가뭄이 농사에는 치명적이었지만 양봉에는 도움이 됐다. 몇 년 동안 올봄만큼 아까시꿀이 많이 들어온 적이 없다고 했다. 그 덕에 초보 양봉인인 나도 꿀을 조금 얻을 수 있었다. 다만 다른 양봉가들이 아까시꿀과 야생화꿀을 두 번에 걸쳐 각각 채취하는 동안 나는 야생화꿀만 한 번 채취했다. 예전에는 '잡화꿀'로 부르던 야생화꿀은 아까시를 비롯한 여러 종류의 꽃꿀이 섞인 것이다. 꿀의 양은 적었지만 더 진하고 향기로웠다. 올해는 운이 좋았다.

양봉한 첫해에 꿀을 제대로 얻는 것은 쉽지 않다. 지금은 꿀을 얻는 것도, 꿀벌들의 개체 수가 크게 줄지 않도록 돌보는 것도 서툰 초보 양봉가지만 차츰 나아질 것이다. 적당한 양의 꿀을 얻는 대신 꿀벌들이 건강하게 대를 이어나갈 수 있도록 돌보는 일을 해낼 수 있을 것이다.

그리고 세상에 지금보다 훨씬 더 많은 수의 꿀벌들이 있었으면 좋겠다. 꿀벌이 없는 세상은 인간도 살 수 없다는 이야기가 있다. 수많은 과일과 채소와 속씨식물들의 수분율이 떨어지면 연쇄적으로 인간조차 살아갈 수 없는 세상이 된다는 것이다. 내가 양봉을 배우는 건 꿀벌과 함께 살아갈 준비를 한다는 것이기도 하다. 실제로 벌을 키우지 않더라도 더 많은 사람이 꿀벌에게 관심을 갖고, 생태를 이해하고, 보호해주었으면 좋겠다.

그런 의미에서 도시 양봉이 점차 힘을 얻고 확산되어 가고 있는 건 무척 다행스럽다. 다만 도시 양봉은 민원이 종종 발생한다고 한다. 벌에 쏘이는 것보다는 벌들이 비행하면서 뿌리는 배설물 때문인 경우가 많다. 특히 봄에는 월동에서 깨어난 벌들이 몸속에 있던 노란색의 배설물을 한 번에 내보내는데, 꽃가루 성분이어서 몸에 해롭지는 않지만 자동차나 세탁물에 묻으면 쉽사리 지워지지 않는다. 이런 소소한 문제점에도 불구하고 꿀벌이 갖고 있는 생태계에서의 역할과 공익적 가치를 생각해보면 도시 양봉은 계속 확대되어 갈 것으로 보인다. 시골에서도 농약 사용을 줄이고 밀원식물을 길가나 하천 옆에 심는다면 꿀벌들이 좀 더 많아지지 않을까 하는 생각을 해본다. 도시 벌보다 힘들게 사는 시골 벌이라니…… 벌만이라도 도시보다 시골살이가 훨씬 나았으면 좋겠다.

오래된 미래,
친환경
농사

농부는 기후 위기를 피부로 느끼는 직업이다. 때가 되면 심고 거두기를 수십 년. 나이 지긋한 농부들의 감은 정말 '칼 같다'. 그런데 고수 농부들도 최근 4~5년간의 기상이변은 처음 겪는 것들이 많다. 전체적으로 기후가 변화해서 기존 작물들의 작황이 나빠졌다. 기후변화의 여파로 재배 작물을 바꿔야 하는 지경이 된 것이다. 대표적인 예가 사과다. 사과 재배 한계선은 계속해서 북상하고 있다. 아직도 사과하면 '대구'를 떠올리지만 요즘은 사과 재배지가 강원도 지역으로 빠르게 바뀌는 중이다. 강화도 역시 추운 지역이라 사과를 재배하지 않았는데, 재작년부터 농업기술센터를 통해 사과 묘목을 보급하고 있다.

최근 몇 년간 우리 농장을 비롯해 강화도 농가들이 기후 변화와 날씨로 입은 피해는 이전 10년간의 피해를 합친 것 이상인 것 같다. 2019년에는 태풍 링링으로 강화도 비닐하우스의 70~80% 정도가 벗겨지는 피해를 입었다. 태풍이 지나간 뒤 비닐을 씌우려니 하우스 비닐이 품귀였다. 그해에는 기록적인 여름 장마로 거의 모든 작물의 작황이 나빴다. 2021년에는 초봄의 한파와 가을 장마로 채소 값이 폭등했다. 2022년에는 봄 가뭄이 심했다가 곧장 폭우가 쏟아져서 노지 작물이 제대로 자라지 않았다. 감자부터 시작해 엽채류 등 거의 모든 작물의 가격이 치솟았다. 채소 값이 폭등하면 농부들이 돈을 벌까? 어쩌다 피해를 입지 않은 농가와 유통상만 돈을 번다. 농사를 망쳐서 채소 값이 폭등하는 게 농부에게 도움이 될 리 없다.

●

전문가는 아니지만 환경과 관련해서 조금씩 공부하고 있고, 두 달에 한 번 발행하는 환경 매거진의 에디팅도 한 적 있어서 귀동냥은 했다. 기후 위기가 가속화되는 중요한 이유 중 하나는 자연이 갖고 있던 자기회복력을 깨뜨렸기 때문이다. 자연은 거대한 순환구조를 갖고 있다. 인간은 이 순환구조를 조금씩 갉아서 무너뜨렸다. 다시 회복하려면 인류 전체가 혼신의 힘을 다해야 할 것이다. 그리고 그 회복의 작은 역할을 농부가 할 수 있고, 해야 한다고 생각한다. 농지에 제초제와 화학비료를 뿌리지 않는 것, 그리하여 작은 땅이나마 주변 생태계와 맺은 관계를 깨뜨리지 않고 순환할 수 있도록 하는 것 말이다. 친환경 농업에서 가장 중요한 것이 바로 순환체계를 갖는 것이다. 농장을 돌아다니는 닭들이 식물의 거름이 되는 닭똥을 떨구고, 무성하게 자란 풀과 거기 사는 벌레를 다시 닭이 먹는 것.

　우리 농장 근처에는 많은 생명이 모여든다. 까마귀와 까치가 세력다툼을 하고, 독수리와 기러기가 날고 두더지와 고라니도 다녀간다. 메뚜기와 개구리, 땅강아지, 나비와 나방, 무당벌레와 사마귀, 땅거미와 박새, 뱀과 지렁이도 함께 살고 있다. 딱히 농사에 도움이 되지 않거나 농사를 망치는 녀석들도 있지만 쫓거나 막는 정도로 적당히 같이 지내는 중이다. 예전에 포도 농사를 지을 땐 까치란 녀석이 포도 봉지를 찢고 한두 알씩 쪼아 먹어서 골탕 먹은 적도 있고, 두더지 녀석이 고구마와 토란을 왕창 먹어 치워서 좀 화가 나긴 했지만 말이다. 우리 농장에 이런저런 생물이 등장하는 것도 이런 순환구조 탓이다. 풀이 많으니 벌레도 많고, 벌레가 있으니 새와 개구리가 모인다. 개구리를 먹는 뱀이 스르륵 나타나고, 쥐를 사냥하는 매가 하늘을 맴돈다.

●

탄소의 중요한 흡수원은 바다와 토지인데, 농지는 인간이 개발한 토지 가운데 가장 많은 탄소를 흡수하는 곳이다. 특히 물을 가두어놓고 하는 논농사는 탄소흡수량이 높을 뿐만 아니라 생태적으로도 중요한 습지다. 논농사는 다른 밭작물에 비해 화학비료나 농약을 적게 사용하는 편이라 관행 농사라 하더라도 탄소흡수량에 크게 차이가 나지 않는다. 하지만 우리나라 쌀의 자급률이 높고, 농부의 수익은 매우 낮아서 지속적으로 논이 줄어들고 있다. 우리 농장 역시 논을 매립하여 밭으로 바꾼 경우고, 근처의 논들이 매년 조금씩 밭으로 바뀌는 중이다. 논이 줄어들고 있는 건 여러 모로 안타깝다. 모내기 전의 무논에 비친 석양이 아름다워서일뿐만 아니라, 논 개구리들이 일제히 울어대는 초여름의 그 소리가 좋아서일뿐만 아니라, 논이 갖고 있는 생태 환경적 가치 때문이기도 하다. 남편은 지금도 만날 논이 있으면 좋겠다고 노래를 부른다. 우리도 논이 있으면 좋겠다.

농사는 탄소를 흡수하는 방식으로 지을 수도 있고, 반대로 탄소를 배출할 수도 있다. 화학적으로 공장에서 만들어낸 농약과 비료를 사용하고 전기시설과 비닐과 플라스틱을 사용하면 농사도 탄소 배출 산업이 된다. 반대로 퇴비를 직접 만들어 사용하고 천연 멀칭을 활용하면 탄소를 흡수한다. 즉 친환경 농사는 자연스럽게 탄소를 흡수하는 방식의 농사가 되는 것이다. 우리 농장도 탄소배출 방식을 완전히 바꾸지는 못했다. '멀칭' 때문이다. 무멀칭, 무경운 방식의 자연농은 탄소 배출을 거의 제로에 가깝게 줄일 수 있지만 수확량과 수익 문제 때문에 쉽게 접근할 수가 없다. 이런 농사 방식이 보다 대중화되기 위해서는 개별 농가의 희생에 의지할 것이 아니라 정책적인 지원이 필요하다. 친환경적인 농사를 짓는다는 건 우리 모두를 위한 일이기 때문이다.

●

　　생각해보면 화학농약과 비료가 없던 시절, 우리 조상님들의 농사법이야말로 친환경 농사 그 자체였다. 순환하는 자연 안에 자리잡은, 그 자체로 자연이라 부를 수 있었던 삶과 농사의 방식이었다. 그러나 그때의 농사로 돌아가기에는 너무 멀리 와버렸다. 필요한 식량의 양도 종류도 훨씬 많아졌고 농지와 농부는 줄어들었다. 생산량을 극대화하기 위한 조건도 갖춰져 있으니, 우리는 다른 방식을 찾아야 할 것이다. 지금의 추세를 보면 미래의 농업은 두 가지로 나뉠 것이다. 자연과 분리된 상태로 인위적 환경 안에서 재배하는 공장식 농업, 자연을 해치지 않으며 전통적인 방식을 기반으로 하는 친환경 농업 두 가지로.

우리나라의 심각할 정도로 낮은 식량 자급률을 생각하면 농지가 더 이상 줄어들지 않도록 하는 강력한 정책도 필요할 것이다. 농사 방식에 따른 차이가 존재하지만 농지는 그 자체로 탄소를 흡수하는 토양이기도 하고, 기후변화로 인한 식량 위기에 대비하는 방법이기도 하다. 농부는 존재만으로도 중요한 자산이다. 지금의 홀대는 이런 심각한 상황에 대한 공감대가 부족해서가 아닐까. 알아주지 않아도 상관없지만 알아주면 더 좋겠지, 라고 생각해본다.

농부가 세상을 구할 수 있을까? 아마 그렇지는 않을 것이다.

친환경 농사로 세상을 구할 수 있을까? 역시 그럴 수는 없을 것이다. 하지만 세상이 망해가는 걸 조금 늦추는 데 도움이 되지 않을까 하는 상상을 한다.

기후 위기가 점점 심각해지고 생태계가 망가져서 돌이

킬 수 없는 지경이 되고, 안심하고 먹을 수 있는 것이 없어진 디스토피아가 현실로 닥친다면? 계절은 뒤죽박죽이 되고 폭우와 가뭄, 폭염과 한파가 번갈아 찾아오는 환경 속에서 나는 여전히 농부로 살아가고 있을까? 농부는 땅을 쉽사리 떠나지 않으니, 나는 여전히 농부로 살아가고 있을 것이다.

안개가 내려앉은 벌판과
기러기가 열을 지어 나는 저물녘의 하늘과
비 오기 전의 습한 바람 냄새, 비 갠 뒤 짙어지는 초여름
의 풀냄새와
흩뿌린 듯 둑에 무리 지어 피어나는 애기똥풀과 개망초
와 고들빼기 꽃 무더기와
별처럼 피어나서 흔들리는 보랏빛 도라지꽃들과
고춧잎에 딱 붙어 있는 새끼손가락만 한 청개구리와
논둑 밭둑의 바랭이, 머위, 달래, 쑥, 강아지풀, 쇠비름, 달
개비, 토끼풀과 함께
여전히 흙투성이 장화를 신은 채 씨앗을 뿌리고 거두기
를 반복하고 있을 것이다.

Q 농사지으려면 체력이 필요하다고 하던데, 농사짓
기에 알맞은 체형이나 체력이 따로 있나요?

네, 체력이 꼭 필요합니다. 농사는 육체노동이 기본이니
까요. 아주 힘든 일은 기계로 하지만 여전히 사람이 해야 할
일이 엄청 많아요. 트럭에서 퇴비 포대 내려서 밭에 뿌려야
하고, 수확한 작물을 삼발이 수레에 실어서 날라야 하고, 지
지대 땅에 박고 배수로 삽질도 해야 하고, 예초기 돌리고 관
리기도 움직여야 하는데 그게 다 힘이 필요한 일들이에요.
근력이 좋은 남자들도 하루 종일 이런 일 하고 나면 그냥 쭉
뻗어요. 근데 초짜 농부들이나 그렇지, 나이 지긋한 분들은
'인이 박여서 괜찮다'고 하시네요. 힘은 셀수록 좋겠지만, 보
니까 농사도 힘보다 요령이 더 중요한 거 같아요. 어르신들
은 삽질을 해도 뭐랄까, 최소의 움직임으로 슬렁슬렁하는

데 초짜 농부들은 온몸에 힘이 들어가니까 에너지 낭비가 심한 거죠. 특히 농사를 시작한 첫 한두 해는 더 자주 아팠던 거 같네요. 농촌에 왜 이리 한의원이 많은가 했더니, 어르신들은 틈이 나면 한의원 가서 침 맞고 물리치료 받는 게 일상이더라고요. 주로 어깨, 허리, 무릎 세 군데 중 한두 군데는 아프다고 하셔요. 저도 종종 허리가 아파서 애를 먹었어요. 무거운 걸 들어 올리거나 삽질을 하면 그래요.

체력은 한 해 두 해 농사를 짓다 보면 필요한 만큼 생기는 거 같아요. 저는 팔다리가 짧아서 삽질이나 힘쓰는 일은 잘 못 하는데, 쪼그리고 앉아서 하는 일은 유리하죠. 푸성귀 수확하고 잡초 뽑고 고추 따고 하는 일은 키 큰 남자들보다 덜 힘들게 하는 편이에요. 남편은 쪼그리고 앉아서 하는 일은 젬병이고요. 키가 있으니까 허리를 굽히고 하는 일을 훨씬 힘들어하더라고요. 자기 몸에 맞게, 자기 힘에 맞춰서 일하게 되는 거 같아요. 남편은 예초기로 풀 깎고, 저는 예초기 사용할 수 없는 작물 옆 잡초를 뽑죠. 남편이 트랙터로 밭을 갈면, 저는 큰 돌멩이 골라서 밭 옆으로 집어 던지고요. 남녀 커플은 이렇게 대충 분업이 되는데, 남자나 여자 혼자 농사 짓는 건 아무래도 좀 힘든 점이 있죠. 특히 여성의 경우는 힘이 부족해서 곤란한 일이 많아요. 주위 남성들의 도움을 받을 수 있으면 좋지만, 그것도 한두 번이죠. 그런데 저보다 체격이 작은 여성 청년농부는 그 작은 몸으로 예초기 돌리고 관리기도 다루고 굴삭기까지 몰아요. 체격이 작고 힘이 부족할수록 기계를 사용하는 것이 유리하죠. 다른 여성 청년 농부는 키가 크고 힘도 좋아서 웬만한 남성만큼 일하더라고요. 유독 체력이 약하고 건강에 문제가 있는 게 아니라면 자신에게 맞는 농사 방식을 찾을 수 있어요. 농사지으면서 잘 먹고 잘 자고 힘 좀 쓰다 보면 오히려 없던 체력도 생기곤 합니다.

 농부는 농한기에는 쉰다고 하던데, 언제부터 언제까지 쉬는 건가요?

예전에는 추수가 끝나고 나면 농한기였어요. 김장 농사가 맨 마지막이니까 11월이면 다 끝나요. 그때부터 정월대보름까지는 농기구 손질하고, 새끼 꼬고, 집 고치면서 살았다고 해요. 요즘은 하우스 농사를 많이 지어서 농한기가 짧아졌어요. 하우스 농사는 11월까지 이어지는 경우가 많고, 따뜻한 남쪽에서는 겨우내 농사를 지어요. 딸기 같은 경우는 겨울이 농번기예요. 겨울에 출하하는 딸기가 많거든요.

과수 농사도 10월이면 마무리하죠.

2월은 농부에게 봄이에요. 정월대보름을 기점으로 한 해 농사를 시작해요. 육묘를 하고, 봄 전정을 하죠. 본격적으로 바빠지는 건 4월입니다. 작물에 따라 다르긴 하지만 대체로 엽채류나 노지 농사를 짓는 경우 5월이 눈코 뜰 새 없이 바빠요. 그리고 농한기라고 해도 학생들의 방학과는 다르답니다. 농사짓느라 바빠서 손대지 못한 일들을 이것저것 하다 보면 겨울도 금방 지나가요.

Q 농사지어서 먹고살려면 땅이 얼마나 필요할까요?

'먹고사는 데 드는 돈'은 사람마다 천차만별이긴 한데, 일단 최저임금 정도를 기준으로 잡아볼까요? 한 달에 180만 원 정도, 연봉으로 따지면 2천만 원 정도라고 가정해 봅시다. 농사지어서 이만큼의 돈을 버는 게 쉽지 않아요. 논을 경작하면 천 평에 2백만 원 정도 수익이 나오니까 만 평 농사를 지어야 해요. 어마어마하죠? 그럼 수익이 높은 다른 작물로 바꿔보기로 해요. 하우스 딸기나 하우스 오이, 하우스 토마토 같은 거요. 이건 작은 땅으로도 가능해요. 평당 수익률은 5만~30만 원까지 치솟습니다. 천 평이면 5천만 원에서 1

억 원대까지 나오죠? 하지만 하우스 농사는 땅값만큼 시설 투자비가 들어갑니다. 그리고 이 정도 수익을 얻는 고소득 농가가 되기 위해 몇 년의 시행착오가 필요할 수도 있습니다. '케이스 바이 케이스'여서 뭐라고 딱 잘라 말하기는 어렵네요. 땅의 규모가 중요한 건 아니지만 노지 농사의 경우 천 평을 기준으로 잡습니다(혼자 농사지을 거여도 최소한 4~500평 이상은 되어야 할 거 같아요). 하우스 농사는 3~400평 이상 되어야 가능할 것 같고요. 저희 농장도 천 평 규모인데, 농사로 번 연간 수익이 아직 3천만 원에 이르지 못했어요. 물론 성공한 억대 농부들도 꽤 있으니, 그분들의 케이스를 연구해보시면 도움이 될 거예요.

Q 농지를 구입하지 않고도 귀농할 수 있을까요?

농지를 빌릴 수 있어요. 그냥 무턱대고 빌려달라고 할 수 없으니까 '농지은행'을 이용해요. 직접 농사를 짓기 힘들어진 어르신들의 땅을 정부에서 맡아서 적당한 사람에게 빌려주는 제도인데, 직접 주인과 협상할 필요 없이 정해진 임대료만 내면 되고, 임대 기간도 5년 정도 보장받을 수 있어서 좋아요. 다만 문제라면 농사짓기에 적당한지 좀 살펴봐야 한다는 점이에요. 본문 중에도 썼지만 정말 좋은 땅은 동네 사람들이 알아보고 먼저 빌리거든요. 농지은행에 위탁하는 농지가 점점 늘어나는 추세니까 더 나은 땅이 나올 거라고 봐요. 하지만 임대하기 전에 여러 가지로 따져봐야 할 것들이 있죠. 물은 어디서 끌어오는지, 관정이 있는지 봐야 하고요. 도로와의 거리나 차나 트랙터가 들어갈 수 있는 진입로가 있는지도 봐야겠죠.

농촌은 늘 일손이 부족해요. 처음 귀농할 때는 농사도 배울 겸 다른 귀농 청년들과 함께 농사를 한두 해 같이해보는 것도 괜찮아요. 다만 수입이 너무 적어서 그냥 '해본다'는 데 의의가 있는 정도? 그러는 동안 적당한 농지를 구입하거나 임대하는 것이 가능해요. 농지 구입은 청년창업농이나 귀농귀촌 지원사업을 통해 저리로 대출을 받아서 할 수 있어요.

시골 텃세가 심하다는데, 정말 뉴스에 나오는 그런 일이 벌어지나요?

못 다니게 길 막고, 공동수도도 못 쓰게 하고, 이런저런 이유로 돈 내라고 한다는 그런 뉴스를 말씀하시는 거죠? 솔직하게 말하자면 연고 없이 시골에 정착하려면 정도의 차이는 있지만 약간의 '텃세'를 경험하게 돼요. 지금은 오래 살아서 다 잊었지만 초기 강화도 생활을 떠올려 보면, 텃세인지 어떤지 모를 일들이 있긴 했어요. 마을 사람들이 경계하는 건 당연지사라 그러려니 했고요.

사실 우리는 어린 자녀를 데리고 있는 집이라 아무래도 텃세의 강도가 좀 떨어졌죠. 아이들이 있으면 경계심이 많이 누그러지거든요. 저는 개인적으로 경계심을 보이는 종류의 '텃세'는 당연하다고 보는 편이고, 일부러 불이익을 주거나 골탕 먹이려는 텃세는 참지 말고 따지거나 맞서는(심하게 싸우라는 게 아니라) 쪽을 택하는 게 좋을 거 같아요. 그냥 참으면 해결이 안 되거든요. 오히려 따지다 보면 서로 이해하게 되고 가까워지는 계기가 될 수도 있어요. 시골 사람들의 텃세는 이전에 외지인들과 겪은 불화의 기억 때문인 경우가 많아요. 한 해 두 해 시간이 가면서 자연스럽게 풀리는 게 일반적이죠. 잘 지내려고 무조건 굽신거릴 필요도 없고, 굳이 경계를 치고 까칠하게 굴 필요도 없는 거 같아요. 사람 사는 게 다 비슷하잖아요.

텃세가 무섭다면 외지인들이 정착한 곳을 선택하라고 말씀드려요. 외지인들끼리 서로 의지하면서 동네 원주민들과 잘 지내는 법도 알게 되거든요. 그리고 또 하나, 정착하기

전에 미리 살고 싶은 곳에 자주 다니거나 세를 얻어서 잠깐이라도 살아보라고 하고 싶어요. 마을 사람들과 어느 정도 교류해 보고 살 만한 정도인지를 확인해보세요. 귀농귀촌은 좋은 이웃을 만나는 게 가장 중요해요.

Q 시골에 살면 뭐가 가장 불편해요?

이건 사람마다 다른 문제니까 제 경우를 말씀드릴게요. 우선 벌레가 너무 많아요. 지금은 많이 적응해서 벌레는 물론이고 뱀을 봐도 안 놀래요. 하지만 처음 시골 살기 시작할 때는 온갖 벌레가 다 튀어나와서 기겁을 했죠. 집에서는 쥐며느리, 그리마, 집게벌레, 개미, 꼽등이, 귀뚜라미, 지네까지 봤어요. 농장에 가면 벌레가 더더욱 많아요. 메뚜기와 방아깨비, 지렁이, 개구리는 나름 익숙하고 귀여운 맛도 있어서 괜찮은데 이상하고 징그럽게 생긴 벌레도 진짜 많거든요. 그리고 모기! 매년 모기 때문에 죽을 맛이에요. 모기가 너무 극성일 때는 방충옷 입고 일하기도 하는데 덥고 불편해서 영 안 좋거든요.

시골이라 어딜 가려면 멀어서 그것도 불편해요. 차가 없으면 가기 힘든 곳이 많죠. 우체국도 멀고, 병원도 멀고, 마트도 멀고, 영화관은 더 멀고. 배달 음식 못 먹는 것도 조금 아쉽고요. 도시가스나 수도가 안 들어오는 시골이라면 그것도 좀 불편하죠.

이건 좀 다른 측면인데, 시골에 들어가서 살면 처음 몇 년 간은 마을 사람들의 관심을 독차지하게 돼요. 사람에 따라서는 그게 가장 불편할 수도 있을 것 같네요.

Q 혼자 사는 여성인데, 귀농이 가능할까요?

강화도 저희 농장 근처에 여성 청년농부가 있어요. 천 평이 조금 넘는 농지에서 혼자 씩씩하게 농사를 짓고 있는 훌륭한 여성 농부죠. 그녀가 강화도로 귀농한 계기는 강화도에서 농사를 짓고 있던 선배 청년농부를 만났기 때문이에요. 비건이기도 한 그녀는 아버지가 강화도에 농지를 구입해서 농사를 짓기 시작한 케이스예요. 이 친구들 덕분에 최근에 다른 여성 청년농부 한 명이 더 들어왔고요. 또 다른 한명은 강화도에 정착하려다가 홍성 쪽으로 내려가서 귀농했어요.

여성 혼자서도 귀농이 가능하긴 합니다. 다만 여성이어서 겪게 되는 여러 가지 어려움이 존재해요. 농사지으려면 기계도 잘 다루고 힘도 좋아야 하는데, 육체적으로 남성보다는 힘이 부족하니까 그 점도 어렵죠. 게다가 농촌 사회는 보수적이에요. 여자 혼자라고 하면 이래저래 입소문도 타게 되고, 주위에 도와주겠다는 사람들도 있지만, 사실 가깝게 지내기엔 좀 무서울 수도 있거든요. 근처에 친척이나 친구가 있는 연고지를 선택하는 것이 좋아요. 그런 것도 없으면 같은 여성 청년농부들이 있는 곳으로 귀농하시라고 권해요. 같은 여성 농부로서 연고 없는 곳에 혈혈단신 귀농하는 건 좀 말리고 싶네요.

Q 귀농이 아니라 텃밭 농사를 짓는 귀촌을 하고 싶어요. 일자리가 있을까요?

원래 가진 직업을 유지하면서 시골살이를 할 수 있다면 아주 좋은 조건이에요. 실제로 강화도에는 예술가들이 구석구석 많이 살고 있어요. 예술가들은 대개 직장에 출근하지 않으니까 시골살이하면서 작품 활동하고, 필요하면 서울에 다녀오면 되거든요. 강화도는 비교적 서울에서 가까운 시골이에요. 사실 저는 강화도에서 서울까지 왕복 4시간이 넘는 거리를 출퇴근했어요.

만약 시골에서 살면서 농사가 아닌 다른 일자리를 찾아야 한다면 쉬운 일은 아닐 거예요. 좋은 일자리는 사실 원주민들이 알음알음 다 들어가 있거든요. 어렵사리 취직해도 도시에서 일하는 것과는 분위기가 달라요. 다들 아는 사람이거나 친척들끼리 일하는 곳이 많아서, 참고 오래 다니기가 쉽지 않다고 해요. 사무직은 별로 없고 육체노동이 필요한 일들이 많아요. 임금이나 복지 수준은 도시와 비교할 때 현저히 빠지는 편이에요. 이걸 감수한다면 영 안 되는 건 아니에요. 이전 직업과 연계된 일자리라면 당연히 경쟁력이 있겠죠. 도시에서 일하던 경험이 필요할 수도 있으니까요. 취업이 필요하다면 시간을 갖고 잘 찾아보세요. 자영업을 고민 중이라면 지역 주민들과 잘 어울릴 수 있는지 살피는 지혜가 필요할 거예요.

Q 귀농하려면 무엇부터 준비해야 할까요?

저는 막연한 동경으로 귀농하는 것이 가장 위험한 선택이라고 생각해요. 농사짓는 건 그리 낭만적이지 않은 고된 육체노동이에요. 영화 〈리틀 포레스트〉 본 적 있으세요? 주인공이 자기 손으로 농사지은 건강한 제철 채소랑 과일로 막 요리해서 먹고 그러잖아요. 그거 보면서 저도 와, 맛있겠다. 누가 저런 음식 좀 해주면 좋겠다, 이런 생각 했어요. 농사짓다 보면 몸이 너무 고단해요. 농번기에는 집에 돌아와서 씻고 자기가 바빠요. 점심 도시락, 이런 거 싸갈 시간이 없어요. 그래서 그냥 대충 가까운 식당에 가서 밥 사 먹고 그래요. 그러니까, 귀농이라는 게 정말 뭔지 미리 찐하게 체험해본 다음, 정말 하고 싶은 게 맞는지 확인해보셔야 해요.

귀농에 필요한 첫 번째는 나는 왜 농사를 지으려 하는가, 어떤 농사를 어떻게 짓고 싶은가를 곰곰이 생각해보는 거. 그리고 실제로 그걸 실천에 옮긴 선배들을 직접 찾아가서 보고 듣고 오는 것. 여기까지 잘 오셨다면 그다음부터는 쉬워요. 정부에서 지원하는 귀농귀촌 사업이 있어요. 그거 신청해서 교육 듣고 적당한 귀농 지역을 찾으시면 돼요.

참고로 귀농하기 전에 1종 보통 면허, 또는 2종 면허 취득 권장합니다. 트럭을 몰 수 있으면 여러모로 좋거든요. 운전면허가 없으면 불편한 점이 밤하늘의 별만큼 무수합니다. 귀농까지 시간이 많으시다면 종자기능사, 유기농기능사, 원예기능사 같은 농업 관련 자격증을 취득하시는 것도 괜찮습니다. 나중에 귀농귀촌 교육받을 때 자격증이 있으면 교육 시간 인정이나 가산점 같은 혜택을 받을 수도 있어요.

귀농해서 성공한 농부가 되고 싶어요. 뭐가 필요
할까요?

    책이라서 점잖게 얘기하고 싶은데, 그냥 탁 까놓고 말할
게요. 돈이 필요해요. 내 돈이 없으면 부모님의 땅이라도 필
요합니다. 귀농한다고 다 성공하는 농부가 되는 게 아니에
요. 정말 어렵게 어렵게 성공한 농부들이 있는데, 그분들 보
면 농사가 아니었어도 성공했겠다 싶을 만큼 열심히 하셨
죠. 귀농 몇 년 만에 억대 매출, 이런 거는 부모님 땅이 적잖
이 있거나 시설에 투자할 만한 쌈짓돈이 있는 케이스들이
에요. 그리고 성공 사례로 나오는 농부들에게 말 못 할 속사
정이 있는 경우도 있어요. 억대 매출이지만 수익이 억대라
는 건 아닐 수 있고, 시설 투자를 하느라 억대의 빚을 지고
있다든가 하는 거요.

    당연히 농사 기술도 필요해요. 농사 기술은 본인이 열심
히 찾으면 충분히 배울 수 있거든요. 요즘은 농업기술센터
에서 작물별로 교육을 진행해요. 이거 열심히 듣고, 다른 선
배 농부들 찾아가서 배우면 돼요. 하지만 땅 사고 시설 지으
려면 돈이 많이 들어요. 성공하는 농부가 되기 위해 필요한
것 중 가장 갖기 어려운 게 충분한 시설 투자비예요.

저도 친환경 농사를 하고 싶은데, 그게 그렇게 어려운가요?

친환경 농사는 기존의 관행 농사와 기술적으로 많이 다른 게 아니에요. 철학의 차이예요. 생명을 해치지 않고 기르겠다는 의지가 필요하죠. 그렇다고 벌레 한 마리 안 죽인다는 뜻은 아니에요. 순환하는 자연의 고리를 끊지 않고, 자연스러운 방법으로 인간의 먹을거리를 얻겠다는 거예요. 흙도 살고, 흙 속의 미생물과 곤충과 새와 동물과 인간도 사는, 공존의 방식이죠. 친환경 농사는 화학농약과 화학비료 대신 자연을 해치지 않는 것들을 사용해요. 농약과 비료 없이 농사짓던 우리 조상님들의 농사법이기도 하고요. 전혀 어렵지 않아요. 다만 친환경 농업은 아직은 관행 농가의 생산량을 다 따라잡지 못했어요. 즉, 같은 품을 들여도 수확량이 좀 적은 편이에요. 친환경 농산물은 관행 농산물에 비해 밀도가 높고 크기가 조금 작은 경우가 많아요. 그리고 '못난이'들도 많이 나오고요. 자연히 가격이 조금 더 높지요.

사실 친환경 농사의 장점도 많아요. 일단 화학농약 안 치니까 농부 자신에게도 좋잖아요? 저는 방제할 때 마스크도 안 끼는데, 목초액이랑 은행잎 같은 거 섞어서 만든 방제액이니까 좀 맞아도 되거든요. 친환경 농사가 어렵다는 건 병해충이 생겼을 때 잡기가 어렵다, 이런 편견에서 나온 말인 거 같은데, 요즘은 유기농 자재 인증을 받은 친환경 농약도 많아요. 다만, 과수 쪽에서 꽃떨이를 조절할 때 사용하는 호르몬 계통의 농약은 친환경 쪽에는 없어요. 무조건 사람 손으로 해야 하죠. 그거는 친환경이어서 힘든 점이긴 해요. 판매와 유통의 문제도 관행보다는 좀 까다롭다는 점도 있어요.

 나중에 은퇴한 뒤에 귀농하려고 해요. 지금부터 어떤 걸 준비하는 게 좋을까요?

은퇴 시기가 중요해요. 50대 초중반까지는 귀농이 가능할 것 같아요. 요즘은 기대수명도 길고, 50대면 시골에선 청년 취급받으니까요. 그런데 60대부터는 '귀농'이 아니라 '귀촌'을 하시는 게 좋겠어요. 60대에 새로 시작하기에는 농사가 손에 익는 데까지 시간이 오래 걸리고 육체적 한계도 있거든요. 텃밭 농사 수준으로 적당히 전원생활을 즐기면서 사는 쪽이 아무래도 현실적인 선택이 되겠죠.

50대 귀농에 성공하려면 40대부터 제대로 준비해야 해요. 2~30대처럼 시행착오를 겪을 시간이 없거든요. 텃밭 농사도 지어보고, 농사 교육도 받고, 자격증도 따고 무엇보다 땅과 시설 투자비를 마련해야겠죠. 그리고 육체노동을 잘 견딜 수 있는 건강한 몸도 필요하고요. 고향이나 연고지가 있다면 다행이지만 그렇지 않으면 귀농할 지역을 미리 정하고 자주 오가는 것도 좋은 준비가 될 거예요. 사실 나중에라는 건 '안 하겠다'는 말의 순화 버전이죠. 나중이라고 생각하지 말고 보다 정확하게 시기를 계획하는 게 좋겠어요. 귀농도 젊을 때 할수록 성공률이 높아요. 나이 드신 분들 중에는 귀촌에도 실패하시는 분들이 많아요. 특히 농촌의 원주민들과 불화를 겪는 경우가 아주 많답니다.

Q 환경에 관심이 높은 비건이에요. 귀농해서 농사를 지으면 보다 환경적인 삶이 가능하겠죠?

친환경적인 삶이란 뭘까요? 쓰레기를 만들지 않는 제로 웨이스트나 탄소배출량을 줄이는 게 목표라면 도시의 삶 속에서도 어느 정도 실천이 가능할 거예요. 물론 시골에서 농사지으며 살면 아무래도 더 많이 줄어들긴 하겠죠.

가만히 보면 농촌에서 사는 사람들이라고 해서 친환경적인 삶을 사는 건 아니에요. 이건 저에게도 해당되는 이야기인데, 일회용품이나 비닐 사용이 상당히 많아요. 도시 살 때보다 더 많이 쓰는 건 아닌가 싶은 생각이 들 정도로요. 어디에 살건 의식적인 노력이 필요한 것 같아요. 단지 시골, 농사라는 환경이 만들어주는 것 같진 않아요. 요즘은 시골에서도 마음만 먹으면 도시의 소비생활을 쫓아갈 수 있거든요. 다만 음식물쓰레기는 퇴비화하기 좋고, 장 보는 횟수가 줄어드는 건 확실하죠. 친환경 농사라면 그 자체로 탄소를 흡수하는 활동이니까 지구에 도움이 되는 직업이고요. 농사 지어서 먹고사는 건 쉽지 않은 일이라 진지하게 고민하고, 직접 가서 다른 사람들이 어떻게 살고 있는지 보고 느끼는 게 정말 중요해요.

여성 청년농부이자 비건 친구와 자주 어울려 지내면서 알게 된 건데, 농사짓는 비건의 좋은 점은 자기 손으로 친환경 농산물을 길러 먹을 수 있다는 점, 외식이나 회식 같은 건 피하기가 쉽다는 점이에요. 단점은 비건이 이용할 수 있는 식당이 거의 없다는 점, 비건 관련 식자재나 식품을 구입하기도 어렵다는 점, 비건에 대한 이웃들의 이해도가 매우 낮다는 점을 꼽을 수 있어요. 그래도 시골엔 봄부터 가을까지 신선한 푸성귀가 지천이에요. 그건 정말 행복한 일일 거예요.

귀농하면 농협에 조합원으로 꼭 가입해야 하나
요? 어떤 장점이 있나요?

농협은 보통 은행 중 하나라고 생각하는 경우가 많지만
원래는 농업인들끼리의 협동조합이 출발점이에요. 점차 규
모가 커지면서 금융사업에도 진출한 거죠. 농촌에서 전업농
부로 살기로 하셨다면 농협 조합원 가입은 긍정적으로 생
각해보실 수 있어요. 받을 수 있는 혜택이 꽤 많거든요. 조합
원으로 가입하려면 조건이 되는지부터 알아봐야 해요. 일정
규모 이상의 농지 또는 재배시설, 축산인 경우 정한 두수가
있고요. 주소는 지역 농협 관할 내여야 하고요. 출자금은 지
역에 따라 다르지만 몇십만 원에서 몇백만 원까지 유동적
이에요. 신청하면 이사회 승인을 거쳐서 가입할 수 있어요.

일단 혜택이라고 할 수 있는 건 각종 농업용 자재 살 때 할
인이 적용되거나 적립금이 쌓여요. 이 적립금과 배당금을 합
치면 연간 돌려받는 금액이 적지 않거든요. 대출받을 때 금
리 혜택을 보기도 하고, 특별 대출금을 받을 수도 있어요. 대
학생 자녀를 둔 경우라면 장학금 혜택도 있고요. 엄청난 혜
택이라고 하긴 어렵지만, 작고 쏠쏠한 혜택이라 못 받으면
영 아쉽거든요. 조합원 가입은 하시는 편이 좋을 거 같아요.

우리에겐 더, 더 많은 농부가 필요해요

한여름을 지나 가을을 맞이하는 농부들은 너나 할 것 없이 검게 탄 얼굴이다. 나 역시 이웃 농부들과 매한가지로 잘 영근 빛깔이 되었다. 햇볕과 바람과 비를 충분히 맞은 탓이다. 곡식만 영그는 것이 아니라 농부 역시 한 해 농사만큼의 성장을 얻는다. 올해 농사는 고군분투에도 불구하고 대체로 '흉작'이다. 농사는 신통치 않았으되 내게는 한 권의 책이라는 특별한 수확이 있다. 털어놓자면, 매달 책 반 권 분량의 기사를 쓰던 잡지 기자 출신인지라 '책 한 권쯤이야'라는 마음으로 시작했다. 그러나 차일피일 원고를 미루고 또 미루다 보니 일 년 가까운 시간이 훌쩍 지나 있었다. 낮에 농사일하고 돌아오면 눕기 바쁘게 잠들고, 노트북을 펴 놓아도 쉽사리 글이 나가질 않았다. 급해질 대로 급해진 와중에도 생각처럼 술술 풀리질 않았다. 단언컨대, 편집자의 부드러운 채근이 없었다면 아직도 완성하지 못한 원고를 붙들고 있었을 것이다.

사실 책을 시작할 때는 귀농귀촌에 관한 솔직한 이야기를 해볼 작정이었다. 도시인들이 갖고 있는 환상과 오해를 바로잡고 실제 귀농귀촌을 준비하는 사람들에게 도움이 될 정보도 담고 싶었다. 자연스레 좋은 점보다는 문제점에 골몰하게 됐다. 현실이 어떠한지 제대로 알아야 시행착오를 줄일 수 있다는 생각에 문제점을 너무 격하게 털어놓은 건 아닐까 걱정스럽기도 하다. '농사 힘드니까 하지 말아라', '농부 될 생각 버려라'라고 읽힌다면 부족한 글쓰기 실력 탓이다. 정작 내가 하고 싶은 이야기는 정반대다. 숱한 어려움에도 불구하고 농사를 짓고 농부로 사는 것은 아름답고, 세상에는 지금보다 훨씬 더 많은 농부가 필요하다는 것. 이것이 내 장광설의 결론이다.

농부로 사는 게 쉬운 일은 아니다. 사실 나도 '이놈의 농사 때려치울까' 하는 생각을 종종 하곤 한다. 필요한 만큼 돈을 버는 것도 아니고 사회적으로 존경받는 직업도 아닌데다 괜스레 몸만 고단하다. 당장 때려치워도 이상할 것 없는 선택이다. 그러나 농사는 매우 아름다운 노동이며 농부는 매력적인 직업이다. 입으로는 '때려치운다'고 하지만 실은 마음이 농사에 묶여 있다. 그러니 어쩌랴, 마음을 따르는 수밖에.

무언가를 돌보고 키운다는 것은 육체뿐만 아니라 마음을 써야 하는 일이다. '키운다'는 것은 사랑한다는 것과 같은 말이다. 아이를 키우고 꽃을 키우고 동물을 키우고 작물을 키우는 일 모두 관심으로 시작해 애정으로 돌보고 세상과 만나도록 하는 것으로 끝을 맺는다. 키운다는 행위는 대상을 위한 노동이자 자신을 성장시키는 과정이다. 엄마가 아이를 키우는 동시에 아이가 엄마를 성장시키는 것처럼. 농부 역시 그러하다. 농부는 농사를 지으면서 차츰 뿌리를 내리고 가지를 뻗고 잎을 내고 열매를 맺게 된다. 농사는 나와 이웃, 세상과 지구를 함께 살리는 일이다. 당연히 매우 가치 있고 아름다운 노동이다. 모두가 전업농이 될 필요도 없고 그럴 수도 없다. 어쩌면 텃밭과 베란다에 초록색 푸성귀와 꽃과 허브를 키우는 도시농부의 존재가 더 중요할 수도 있다.

이 책을 읽는 독자 여러분 모두 농부가 될 자질을 이미 충분히 갖고 있다. 이제 흙이 담긴 작은 포트 하나, 씨앗 몇 개만 있으면 된다. 식물은 말라죽으면서도 사람을 탓하지 않으니 걱정할 것 없다. 식물이 수많은 씨앗을 달고 있는 이유를 생각해보라. 식물은 대인배다. 당신의 작은 실패에 너그럽다. 내 안의 농부 DNA가 깨어날 때까지 몇 번이고 반복하면 된다. 우리는 오천 년 이상 한반도의 땅을 지키고 경작해온 자랑스러운 농부들의 자손이다.

잘할 수 있다. 나도, 당신도.

농사, 툭 까놓고 말할게요

초판 1쇄 발행   2022년 9월 30일

지은이   윤현경
펴낸곳   (주)행성비

펴낸이   임태주

책임편집   이윤희
디자인   이유진

출판등록번호   제2010-000208호
주소   경기도 파주시 문발로 119 모퉁이돌 303호
대표전화   031-8071-5913
팩스   0505-115-5917
이메일   hangseongb@naver.com
홈페이지   www.planetb.co.kr

ISBN 979-11-6471-204-5   03810

행성B는 독자 여러분의 참신한 기획 아이디어와 독창적인 원고를 기다리고 있습니다.
hangseongb@naver.com으로 보내 주시면 소중하게 검토하겠습니다.